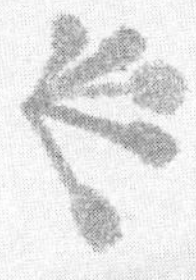

守宮在唱歌

林佳樺——著

受苦的目的

袁瓊瓊（作家．編劇）

在開始閱讀《守宮在唱歌》之前，我正在看的書是《大通靈家》（*The Essential Edgar Cayce*）。

《大通靈家》一共兩本，大開本，均都三百頁上下，拿著手沉。閱讀的時候只好正襟危坐在書桌前，攤開書本，俯首，朝聖般地看著。

與閱讀佳樺書的體驗完全不同。佳樺的書是電子檔。裝在我的平板裡，可以帶來帶去。我在家裡四處遊走，只要坐下來就可以讀。有時候配咖啡，配可樂，有時搭配零食和小吃。有一次出遠門，坐在高鐵上，帶著口罩。車上沒什麼人。巨大光亮的車窗玻璃外是陌生的風景。我正奔赴我生命早期生活過的那座城市，然而我只盯著手上的平板。在車廂中無聲無嗅的冰冷中，讀著佳樺敘述自己喪失了味覺：所有的食物見其形而不知其味。在烘焙教室裡，麵團被形塑成麵包，形態完美，但是佳樺嚐不出味道……列車滑入了站台，我抬頭，看到窗玻璃上浮出的我隱約的臉，為白日光線所切割。佳樺書寫中的恐慌焦慮，奇妙的和我那張似有若無的臉孔交織在一起。一本書是這樣與讀者融合的，透過字句，透過閱讀時的情境，作者的生命切入了讀者的生命裡。

《大通靈家》副題是：「愛德加．凱西靈訊精要」。愛德加．凱西（Edgar Cayce）是美國著名的通靈人。然而《大通靈家》寫的卻不是他的故事。比較上來說，是許多人的故事。凱西號稱「沉睡的先知」，生命的三分之二歲月都在「睡覺」，然後在睡夢中給人看病。這本書裡有無數苦惱的人，被生命中種種憂慮痛苦糾纏。而睡夢中的凱西給出治療的方案。

《大通靈家》不是小說也不是散文，乍看，與佳樺的書似是八竿子打不著。但在閱讀《守宮在唱歌》時，我不時想起在《大通靈家》中看到的案例。

《守宮在唱歌》與佳樺第一本書《當時小明月》很不一樣，看似延續《當時小明月》，在講述自己的人生故事。但是《當時小明月》裡並沒有那樣多的痛苦。

不知道佳樺是否自覺：《守宮在唱歌》裡寫了許多疾病和災難。佳樺原本身體的病苦多舛就不用說了。學長男友得躁鬱症，女兒脊椎動手術。在二度求子的八年裡，更經歷甲狀腺分泌不足；打催生針的不適；承擔同時工作同時治療的壓力，心理和生理的種種磨難；三度流產……書裡許多篇幅在書寫各種疾苦，佳樺自己的，她的朋友，她的親人們在心理生理上的壓抑忍耐和失去方向。但是這並不是一本賣慘的書。佳樺的文字平心靜氣，娓娓道來，比苦楚敘說得更多的，是她把日子努力過下去的韌性，其間甚至摻雜些許幽默。帶著幾乎是溫柔與憐惜，佳樺注視她自己，也注視著別人的不幸。受苦沒有讓她堅硬，反是讓她柔軟。

《大通靈家》裡關於受苦，有這樣一段話：

「受苦是有意義的。受苦是不可避免的。我們每一個人都會經驗到挫敗、失望、苦痛。誠如佛陀所言，那就是物質生命的特性。也或者如同凱西所說，是進入了『身體和心靈考驗的界域』，那往往會遮蔽我們能夠看見的榮光。然而，受苦也可能有更高階的目的。肉身經歷的考驗，是為了讓我們能夠打開自己，接受寬慰人心的，帶有療癒性質的神聖恩典。」

寫到這裡，我忽然想到：佳樺的外婆家是開藥房的。她自己從小身體就不好。家中子女三人，父母偏是把居中的佳樺送到外婆家去。造成佳樺與原生家庭不親，亦使她對於自身所從出的母親，永遠懷著親密連結的渴望而不得。佳樺的敏銳，柔軟，甚至倔強，不得不說，都是她內在對缺乏連結的空洞感的回應，並為此受苦。

在佳樺的序裡，她說到這本書的書寫初衷：因爲不忍心看到與她對聊的女性朋友眼中憂傷的水色：「我從一個在病院候診、想找尋如何在家庭職場平衡的人，漸漸成為能給予他人水土日光的救援手，不是自己多麼了不起，而是求助我的女人女孩多麼需要同溫層的慰藉。我只不過提供一張紙巾、一句安慰、偶爾是曾吃過的補品藥膳，都能在她們內心埋下希望的種子。」

這其實就是凱西所說的神聖恩典。因爲受苦而敞開的人，才知道他人所承受的。因爲自己走過了這條荊棘之路，所以明白路是走得出來的。在引領他人的當下，自己便成為了光。

林佳樺在文學路上前行的每一步，我都密切關注著。她對寫作的熱情與堅持，超乎尋常，令人刮目相看。她獨特的作品風格正在成形，可以說，她如今已經是個嚴格定義上的作家。

——阿盛（作家）

佳樺的文字以素筆為美，尤其顯出散文的誠心。《守宮在唱歌》，是唱盡童年寂寞、女子身世與生活百味的啾啾之鳴。

——吳妮民（醫師．作家）

做為「寫作素人」，林佳樺屢屢創造驚奇，得獎與發表不斷。在情節調動的基礎中，給予散文核心，故事與細節並存、特性與通性俱在，為萬千女子平反，發抒她們的原有面目。

——吳鈞堯（作家）

能把女人的處境寫進骨髓的痛與甜蜜，只有佳樺的《守宮在唱歌》。

——李儀婷（小說家．親子教養暢銷作家）

林佳樺是近年散文創作名家中，鏡頭語言使用得最好的一位。想學習寫作的朋友，你怎能不讀林佳樺？

——蔡淇華（作家）

我讀到新時代裡的舊靈魂，斑駁有它倡議的植物學。一本書也是一幢老屋，裡面住著我們所有人都應該認識的母親。

——嚴忠政（第二天文創執行長．詩人）

舀起一片小塵埃

時隔兩年，第二胎書寶寶要和大家見面了。曾被問過為何書寫？我想，是在尋根吧，第一本書《當時小明月》是尋家的根及追溯內在性格養成的源頭；第二本想探索如此個性的我，情感婚姻長成了什麼形狀？

人生走了數十年，從未有人教我愛情是什麼？如何選伴侶？害怕投入一段感情，總是對兩人的遠方充滿著不安，一路走來繞了許多彎道岔路、歷經跌撞。在第一本拙作中，我不斷猜測是否因為幼年無預警地被送去鄉下寄養，長大後和人交往，總擔心是否會在某個時候被丟下？也因如此，明知對方漸漸地不適合自己，我仍是硬撐，不想當先放手離去的那種人。由於和原生家庭較疏離，成家後夫妻倆磨合了許多日子，便想讓家裡充滿小孩的笑與哭，我自己經營的家，應該會比較溫暖吧？之後是想努力達成女兒渴望有伴的心願，即使自己是不易受孕的體質。

由於和原生家庭有些微的縫隙，我更想讓自己的家完滿，想兼顧職場家庭，扮好人妻人媳人母，這些多重角色常引發內在的拉扯，內心著實渴望平靜快樂，但天天，時間被諸多雜事壓縮。平靜真不簡單，別的女人如何調適呢？

尚未解惑，我反而先被親友們詢問不孕事宜。婚前體檢時，才得知體內有顆卵石般的肌瘤，不易受孕，服用數月排卵藥劑竟幸運有了消息。正以為自己累有福報，接下來竟然走了八年的不孕路，才學到：生過小孩的母親也會有生育不順的問題。

女兒曾在不孕診間陪我度過漫漫下午，雖然母女倆歷經數十次的失望，但我已經比從未嘗過人母滋味的他人幸運多了。八年裡，我走過三次流產、吃藥打針開刀，嘗試凍卵、試管……，常讚嘆女人的子宮既小又大，堅韌又柔軟，包容疼痛不適又能孵育新生。多麼驕傲，我是女人，也多麼無知，婚前竟不知道要珍重身體，月信來潮時冰飲不忌，論文工作繁忙，月事遲到數月也不以為意，也許我的不孕其來有自，希望此書能讓大家更懂得疼愛自己。

曾被研究女性主義的好友調侃，女人何必被孕事綁住？情慾之事流於依照排卵日來按表操作的「功課」，再誘人的天菜陳列眼前，都會倒盡胃口，我們要成為自己身體的主人。

明白好友心疼我。展開不孕療程是我深思後的決定，無人強迫，我是身體的主人，決定在腹內孕育新生。花的種類繁多，有適宜戶外伸莖展葉，也有植於盆栽、安於室內，只要有足夠的日光水土，都能是一隅風景。

於是，我從一個在病院候診、想找尋如何在家庭職場平衡的人，漸漸成為能給予他人水土日光的救援手，不是自己多麼了不起，而是求助我的女人女孩多麼需要同溫層的慰藉。我只不過提供一張紙巾、一句安慰、偶爾是曾吃過的補品藥膳，都能在她們內心埋下希望的種子。

這便是此書最初的胚胎。在一間小而溫馨的咖啡店，流瀉著輕柔的爵士樂，我與無助的女人、女孩互望，眼微微濡濕，那是受過傷的水色，外人不太了解，所以我寫，不出賣友人個資，我以自身經驗談起。

這種聊天方式完全無法預期目的地在哪裡，比較像是播種，不太清楚會長出幾片葉幾朵花（有些甚至枯萎），不太明白枝枒岔向何方，漸漸地，我們由孕事談及家庭與職場，聊著為什麼想要有小孩或被迫有小孩，嚐著婚姻中的各種滋味，時而是平淡的茶、時而如混濁的湯頭，但我們渴時，也慶幸有這些飲品。

曾困惑自己的愛情婚姻的長相與他人怎麼差別如此大？後來漸漸明白，女人也不一定要走女孩、女人到母者的路啊，我姊姊不婚，許多好友誓當頂客族，每位女性的選擇不同，都有各自的課題。想起結婚之初我也曾帥氣地宣布：不生，但某天，真心萌發想擁有自己血脈的渴望如火山般噴發，內心那個名之為母親的想望、日夜不停地在呼喚。

也曾想過這私密的寫作主題放在內心鎖好吧，等白髮蒼蒼，當作回憶錄般說給家人聽。近年，單身好友掙扎著是否步入婚姻？已成家者詢問我不孕療程及心情，才知他／她們走著我的來時路。閒聊時，完全同理在情路、婚姻、生育上跌撞的人，多數人寧可選擇自我閉鎖，不太好意思與人交流經驗，我便想，若能有幸成書，讀者看到內文的類似遭遇，能否有些觸發呢？

此書並非述說自己有多麼辛苦，不論有無成家，所有男人女人都辛苦，只是藉由我，看到選擇步上婚姻這條路的某些女人的縮影。我不能代表她們，也沒資格，只是當這群女人或她們的家人能由此引發一些感觸，那這本書的存在就有其意義了。

謝謝彥如主編想出美好的書名，「守宮」意象貫串全書，內文有篇同名作品是透過豢養的豹紋守宮被粗心對待，只有手掌大小的牠被黏牢在捕捉蟑螂的黏板上，用力搶救時，牠的皮膜幾乎被剝離、全身是傷，牠那哀怨眼神，我聯想到當時在職場、婚姻、育兒上的不順，所處的困境如同不得動彈、傷痕滿身的守宮。

守宮也代表安穩守家，俗稱壁虎，諧音「庇護、必福」，我誠懇地書寫如何想在家庭中得到平靜快樂卻一路跌撞、仍想守護家的心意，也期許自己是文學上的一隻小守宮，為有相同困境的人們帶來些許庇護。

此書不敢奢求所有人都懂，只是寫下自己選擇的路，試著爬梳婚前的懵懂、婚後如何平衡職場與家庭，及失衡時的情緒起伏，也記錄真正成為母親養兒育女後，才體會父母的辛勞。

全書完成時曾拿給好友看，有人感動，有位好友則說：世上有三種事，前兩種是「關你什麼事」和「關我什麼事」，說這本書對他而言，兩者都有。約莫是我失望的表情讓他說了接下來的話：但這本通過國藝會補助，是屬於第三種——「好像有那麼一回事哦，很值得恭喜。」

＊

謝謝悔之老師及有鹿文化，謝謝彥如、煜幃、于婷，原本忐忑小情小愛的內容，適合出書嗎？悔之老師回覆：文稿請寄過來，彥如更大力支持。謝謝你們幫我舀起這些俗世中的小塵埃，將我人生的懸浮粒子一字字打印成書。

謝謝阿盛老師、袁瓊瓊老師，當我擔心他人如何看待這些私密生活，老師說散文便是與讀者搏感情，放心下筆就對了。

謝謝吳鈞堯老師、許榮哲老師、李儀婷老師、蔡淇華老師、嚴忠政老師、凌明玉老師，謝謝文友們的鼓勵；謝謝文化大學中文系馮翠珍老師，老師走了多年的不孕路，曾給我許多心靈及書寫上的幫助。

心中最感謝的是家人的包容體諒，給予我寫作上的寬度。

佳樺　二〇二二年一月二日晚間．台北

目次

推薦序 ◎袁瓊瓊 受苦的目的 2
推薦語 ◎阿盛、吳妮民、吳鈞堯、李儀婷、蔡淇華、嚴忠政 6
自序 舀起一片小塵埃 8

1 粉紅泡泡的裡與外

牽手 20
遺傳 21
炎夏蝕光 24
鞋 28
玫瑰與獸 31
紅磡演唱會 43
畫話 52
末日 56

2 由白紗換成家居服

米粉湯 64
夜盲 68
錦囊 72
藥王谷 78
植牙記事 82
守宮 85
量身 95
戒指神 104
時光菓子 110
迷路之味 114
跑 121

3 聽著腹肚裡的海潮聲

瓶子裡的畢業歌 126
光源 135
香火 141
果乾 147
吃飯這件小事 150
往返舟中 155
父女同行 164
傍晚 172
淨外之音 174
好友的祈禱 179

4

女力媽媽養成記

我保護你 188
鏡像字女孩 195
剪甲記事 199
陪他呼吸 203
陪伴 207
學琴 211
天輪之樂 216
午餐約會 220
鉤動 223
四十度的線 231
鋼鐵人 238

輯一

粉紅泡泡的裡與外

牽手

我在外公外婆家寄居多年，彼此表達情感時很少說「愛」，而是用「好」字：「妹仔，哭啥？誰人對你無好？」「阿嬤，你對我真好，糖仔攏予我呷。」下田時，外婆叮嚀手要牽牢牢，被她老人家大掌包覆的我緊跟在旁，以為感情就是如此簡單。

後來回到自己家想牽母親的手，母親的回應經常是「三八哦」，外婆安慰：有些大人「較閉思」，那是一種明明喜歡或在意，卻羞於啟齒的表達感情方式，我長大就會懂。

遺傳

小一後，我從住了三年的鄉下回到父母家，長輩們都稱讚母親是厲害的教育者：「伊要伶囝仔惜命命。」母親的「惜」很特別，每次和她爭辯，即使公平正義站在我這方，盛怒的她總會大吼：「你給我出去。」

於是，我開始研究到外婆家的公車路線，據說那裡距離我住的小鎮，車程至少半小時。

十歲時某天，我小心地「挪用」父親放在抽屜的零錢，帶上洋娃娃這心靈伙伴，遵照母親的話，「出去了」。老舊公車盪來晃去，停靠多站，總錯覺是在海上搖晃，每個港口都停，能包容我的港灣只有外婆家。

好久沒見面的外婆看到我出現在她開的中藥鋪，沉臉，立刻撥打電話，轉盤每回到數字零，外婆就罵：「夭壽死囝仔。」電話接通後，才知「死囝仔」是在罵她女兒——我母親。彷彿是接力賽，母親要我接電話，她的聲音自帶擴音器：「叫你出去就那麼聽話，叫你做家事就叫不動。」

我幾度被她拎著耳朵拖回自家時，才漸漸明瞭，「出去」的內在意思不是要出去，母親只是在彰顯身為長輩的威嚴，如同威脅著，「叫警察來抓你。」這道曲折的方程式，直到青春期時我才學習如何解題，那時喜歡一個人，我用討厭、冷漠回應。這異常含蓄的招式，外婆也會，她罵事業心重、卻常生病的母親：再不愛惜身體，就不要回鄉下探望兩老，但家裡隔週就會接到外婆寄來自家的中藥。

有次母親抱怨外公重男輕女，我想母親是不是以伸出刺、讓對方痛的方式，提醒外公多注意她呢？長久下來，我漸漸習慣母親「說反話」，母親的這項基因，不會遺傳給我吧？這麼彆扭的表意方式不累嗎？直接、明白，多好。

記得國中時的輔導課，老師交代作業：在家人、老師及朋友中各找一個人選大聲說「愛」。我著實困擾，父母姊弟對於這個字從不大方回應。

那陣子母親常加班，無暇回來煮晚餐，她會在加班的前幾天先揉製好肉丸，分袋包裹，包裝袋有兩層，上頭用麥克筆寫著：「已熟，可以煮或蒸。」交代我如何料理。有天，我抓準時機，鼓起勇氣用英文結巴地示愛。「三八咧，有時間講這個，不如去洗碗。」我打出球，便慘遭封殺。

多次之後，我也開始畏懼對人好，不知不覺地會以反話來捍衛自尊。原來我和母親愈來愈像的地方，不只是五官。

炎夏蝕光

母親的五官中，最迷人的是眼睛，微微上勾，墨珠圓亮且魅人，只是常激出冷光。

我寄住在鄉下外婆家時，母親隔週或隔月會來探望，吃頓飯就離開。起初我會抗議自己被丟下，後來，我便躲在窗後目送母親離去。外婆家開中藥鋪，常熬煮藥劑，氤氳熱氣薰得玻璃迷濛一片，我以窗為紙，畫上母親的大眼，在透明線條中望著她的背影，但這些筆畫不一會兒又被霧化了。

和母親相處始於三年後，我被接回家上小學，期待與父母姊弟團圓的日子終於到了，但甜蜜溫馨只存在返家的第一天，久了，發現與家人生活習性不同，是彼此的異物。外婆家冰箱門隨時可開，零食不虞匱乏，父母家三餐得定時，行住坐臥都有規矩；電視只能看新聞，每週末開放兩小時綜藝節目，外婆家午晚間可以看布袋戲、歌仔戲。幾次我不從家規，遭父親責罰，母親從不打人，她是「瞪」。瞪，自然有了推力，早日將我推離家門。

小時透過霧面玻璃看母親，模糊朦朧，而今，我們之間沒那有層玻璃，任何事物都透明，母親直勾勾的眼眸常讓我心底一緊，瞬間，我全身都縮小一號。

母親還有「透視」特異功能，總能預測我昨天、當下及未來的「想」與「做」。放學進門，她簡短三字「退步了」，我便乖順地上繳考卷，坐在桌前用功。交班費，我摻水多加個零頭，她眉眼一挑，「嗯」著長音，謊言立即被拆穿。母親觀察子女猶如特務，視網膜內建雷達，一絲一毫逃不過她的掃描。

我是家中唯一能偵測到父母喜怒的人，姊姊總笑我敏感、神經質，我反而納悶她怎麼接收不到明顯的情緒波長。也許我少當了三年女兒，學不會姊弟的撒嬌跟耍賴絕活，他們習慣挨著父母，我則是學習看著父母的動、靜，判斷接下來該說或不該說的話。

學習融入父母家的時光長達十年，大學聯考結束，好友瑜來家裡找我，趁母親不在，在我掌中偷塞紙條。是同屆某男同學的通訊方式。平常家裡電話只限談正事，不能聊天，若有男同學來電，得先通過父母身家調查，只需兩分鐘，對方就會識趣回答，「不好意思打攪了。」匆匆斷線。常想著如果我和同學之間會心電感應或用腦波通訊就好了，但我只會彆腳的那一招：趁父母不注意，上樓偷打電話。

隔天下午我正要出門，母親提早下班，交給我一只公文封，納悶的我抽出紙張，是那位男同學家的戶籍謄本，詳列父母婚姻狀況，兄弟姊妹工作、就讀學校，分析兩人交往後的困境。母親偷聽了我的電話，當年尚未有個人資料保護法，在戶政事務所任職的她，調閱個人資料相當容易。

我的情緒彈片般散開。十八歲，正小心翼翼地對外在伸出情感觸鬚，母親那張戶籍謄本，如股票分析師詳解著利與弊的曲線。

那年夏天我提早離家，未來的大學宿舍、不到四坪的殼中，住進了泡麵、影片、漫畫、小說，及快將寢室淹成一片汪洋的我。

離家前我對母親說，她可以用問的，而不是搜查情報般地刺探，彷彿FBI、CIA等情治單位，母親說她自己查比較快，問了我也不一定坦承，她冷然一看，便知我心裡是否有鬼。向來，母親多數時候是曝曬我，裡裡外外，很少為我撐一把傘、伸一片樹蔭。

戶籍謄本的後座力持續很久，隔年，人人期待的暑假，我將日子填滿，學畫、上外語課、家教……，盡量少與母親單獨相處。

大一下研修教育心理輔導，教授認為我在熱天的焦躁不安是源於心中有塊缺角。花上好長時日，我學習填平由夏天蔓延到四季的小缺口，我應該也在母親身上留下相同的孔洞吧。

經由教授多角度解釋，才約略明瞭母親想牢握生活主控權，泰半源自她內心的不安，事情按著她的計畫走才有安全感。我和那位男同學八字尚未一撇，母親立刻「超前部署」，監聽電話、調查，以她在職場上常運用的SWOT表（Strengths優勢，Weaknesses劣勢，Opportunities機會，Threats威脅）分析我和對方的交往。

那天，教授若有所思地看著我，說不安感會傳染，研究顯示隔代教養的孩子沒有安全感的比例較高。當下我內心登愣一聲，教授可以去西門町擺攤占卜了，於是，我向教授提起一件關於鞋子的往事。

鞋

那天，母親帶我上街買鞋。之前，我多半是接手姊姊蒙上灰的白皮鞋，或跟底磨損的布鞋。舊鞋還能穿，並能包覆，少了穿拖鞋時腳趾外露的不安全感。我挑中了一雙粉色皮鞋，釦式鞋帶，弧形鞋頭繫有同色蝴蝶結。

隔天一早，我迫不及待地穿上，在家嗒呼奔跑，央求母親帶我出門。母親答應了，她蹲在房內，一大袋子裝滿我的衣服，叫我先換成室內拖鞋，新鞋剛穿會咬腳。我疑惑，何必帶那麼多衣服，不就是逛逛街嗎？母親笑笑，沒有回答。

出門時，母親彎腰替我穿鞋，那一刻我才知道要去鄉下外婆家久住。當時我四歲，家中三姊弟，只有次女的我必須離家，我穿上新鞋走的路，和家人是不同去處了。我大哭，第一次穿新鞋，走的不是鎮上大街而是鄉間田路，也才知外婆交代，載小孩過來時，要帶雙包鞋，鄉間地不是石就是泥，長及腿肚的雜草叢生，包鞋才能護腳。那雙皮鞋直到鞋跟磨壞、板底裂開，我仍放在盒中保存，彷彿提醒著人和鞋都不能被丟棄。

有了經濟能力，我迷戀買鞋，唯一不買的是涼鞋，我習慣腳趾和腳跟被包覆的安全感。

買鞋的嗜好，認識他之後減少許多，因為他會送我。他觀察到我喜歡素色，也知道我因靜脈曲張，只能穿三到五公分的粗跟鞋。有次我收到的生日禮物是Gucci低跟鞋，粉色、前綴紅櫻桃。穿上這雙可愛柔美的禮物，周遭彷彿冒著汩汩湧出的粉色泡泡。後來櫻桃綴飾及鞋跟斷裂，我捨不得丟，仍用三秒膠黏補。

也許是母親當年為我買鞋後，旋即將我丟置外婆家，潛意識裡，我也恐懼他會舊事重演，央求他能否提早告知每日行程。長久下來，他覺得我像繩子，將他綑得手腳不能自由，我說不是綑，是牽，一起牽著走，幾次爭執後，他選擇了另一位女孩。

為了掙得尊嚴，我退還他贈與的鞋子，有的只穿過兩三次。他姿態極低，頻說抱歉，要我好好留著，這是他能彌補我的方式。為了捍衛自尊，我謊稱他買的鞋大了半號，為了合穿，只好墊上鞋墊，反譏他以為自己了解我，連我的尺寸都不清楚。我揚起下巴，高傲地走出他的視線，直到街角，蹲下，那雙Gucci粉色鞋頭濕了。我以為穿上對方贈送的鞋，對方會回心轉意伴我走遍各地，以為穿上這雙載滿回憶的鞋見面，會勾起對方的惦念，但他扔下我，像扔雙舊鞋。

那些他贈予的鞋，我一一轉送別人，希望每雙鞋都有個家。

後來上易經課，老師提及送禮禁忌，鞋諧音「邪」，送人鞋子是送人邪氣，會與對方失去感情與聯繫。

我不再接受親友餽贈鞋子，若拗不過對方好意，就以百元回贈，表示鞋子是自己購買。送鞋禁忌我半信半疑，深知自己內心送不走的是某種不安，那種根深柢固、對人不疑的信賴，好像附著在鞋上，日益磨損，然後斷裂了。

玫瑰與獸

和他相處的最後半年裡，我們的關係反倒像是病人與陪伴者。他長我五歲，我一向稱呼他：學長。

那陣子，學長的母親常來找我，她曾敵視我介入了他們孤兒寡母間。

我們搭乘電梯直達頂樓，一座矗立在市區的醫院大樓。梯口轉彎，感應門一開，三五人群列於諮詢檯前。學長母親示意我打開背包，拉出衣服口袋內裡，一位護佐面無表情地掀翻檢查。這層樓違禁品有尖銳利器、引燃物、線帶、電器等，我被沒收雨傘、髮帶及原子筆，這些被視為「兇器」。但兇險的，是學長本身。

與學長初識時，我們共同修習了比較文學課程，他極有個性，常以點頷、搖頭取代好與不好；漸熟，他吐露崇拜女詩人雪維亞．普拉絲（Sylvia Plath）勇敢誠實地寫下憂鬱、絕望、死亡等「自白詩」，學長渴望自己的作品能有相同深邃的感染力。寫完詩，他會在紙上黏附玫瑰花瓣，並素描我的畫像。送我生日禮物的鞋，盒內也附上作品及畫作，曾就讀美術班的他，幾筆勾勒，人物便有神韻。大四下，他送我九十九朵紅玫瑰，希望我久留台北，不要返鄉工作。上下學、晚餐，我每個月慢性病複診，他陪伴左右。有次我車禍，肇事者逃逸，學長在醫院照顧兩日夜。與他同行的時光浪漫如詩。

但詩是短的，我們美好的日子只有半年多。畢業在即，學長論文未過、求職失利，我因父母年歲漸老，想返鄉工作，讓他情緒震幅極大。我看不懂他的詩作，他譏諷無知音；沒有靈感，責怪戀愛剝奪他的寫作時間；我拜託他不要推撞拉扯，他驚訝我毫無幽默感；我問他行程去向，他說詩人是隨興的，來去無蹤。我難過愛情保鮮期如此短，他說了句普拉絲名言：「所有的愛和孤獨都是自作自受。」看著他贈送的作品，紙上花瓣已枯，我以為自己的淚水能讓萎花再紅。

他說戀愛占用寫作，倒是每天騰出一小時梳整外表，抹髮蠟、燙襯衫、斟酌衣帽鞋包的穿搭。詩人吧，總有自我風格，我如此解釋。他覺得耗費時間的不只戀愛，嗤笑上課浪費生命，不如坐在樹下，寫著短詩度過長日。

他的穿著開始出現All Saints名牌皮衣、Fred Perry的T恤，吃飯、聊天時進行「演說」，那是不能提問反駁的極權式演講。他語速如槍、思緒跳接，我請求暫緩，他暴怒，喝斥別插嘴。與之對話如拆包裹，不知拆出來的是平和或是暴怒。有次在外用餐，他又發表詩學高論，我請他小聲，勿擾鄰座，他猛拍桌，免洗筷在掌中應聲而斷。我猜想他是否藉著說話、扭筷，克制折斷我的脖子的欲望？

他認為我病了，不理解他的詩意；我懷疑有病的是他。他笑稱天才都有病，拿雪維亞．普拉絲、梵谷、海明威來佐證。「天才是用言語刺人，不會使用暴力，暴力只限於粗人。」我語未畢，他將桌上碗盤杯筷甩至地上，精心梳整的瀏海垂至眉宇，後髮翹起，粗重喘息震懾全餐廳。我的話，激怒了他內心蟄伏的那頭獸。

幾次爭吵後，冷戰了數週，學長選擇了另一位會順從他的溫柔女孩。為了捍衛自尊，我反激他不懂得珍惜情感，還妄想模倣把生命看得過於認真的普拉絲。

當我以為快要走出失落的低谷時，幾週後，學長母親來找我，下巴、顴骨腫脹淤青，手臂上多道抓痕。學長的爪子出手了，伸向最愛他的人。學長母親怪我是妖女，對她兒子施以邪術，說她兒子不停地自語、瘋狂採買書籍及名牌衣飾、一言不合便摔門、踹打家電。學長母親指責我勾出她兒子體內的野性；我反擊，野性是深藏在學長的內在，只是選擇出現時機；況且，我和學長已分開，應找學長的現任女友才是。學長母親眼眶泛紅，說我是她家最後一根浮木了，親戚、朋友、她兒子的新女友全被學長的起伏情緒嚇得避不見面。學長母親說，也許看在往日情分上，我願意伸出援手，找出讓她兒子回復正常的良方。分開了，才讓學長母親認為我是她的盟友，我不禁苦笑。以前她是多麼排斥我和她兒子交往，我揣測是寡母對獨子的占有欲吧。

我想脫身，學長母親屢次以死要脅，看著她臉上的傷及淚，我不忍，曾以為若與學長情感順利，我與她會是家人，也想起過往曾與學長互動的溫馨，及研修比較文學課時曾受對方諸多照顧，我答應幫忙勸她兒子就醫，前提是，不能讓我和學長獨處。

學長母親曾找道士作法事——收驚、吃符水、求神、誦經，也拜託我收回學長的元神及魂魄，我說自己也是受害者，她疑信參半，看到我右上臂已淡成一線的傷疤，她震懾，對我連聲道歉，以前她誤解我，誤以為她兒子對她言語或拳頭施暴是由於我的離間，現在才知她兒子生病了，對我消減了敵意。她不知道從什麼管道購得凱．傑米森（Kay Redfield Jamison）與其師 Frederick K. Goodwin 合著的作品《躁鬱症》（*Manic-Depressive Illness*），此書當時未有中文版，我們經由別人陸續翻譯、斷續地閱讀，想了解學長體內暴動與低谷的震幅。

那天我陪同學長母親，扮演勸人去看病的說客。學長長期窩居在家，也許太久沒人聽懂他說的話，他再次見到我是愉悅的，開心地說哈囉；我則忐忑，舊情與驚懼兼有，那雙曾緊牽的手，前不久才毆打他母親，兼具柔情與暴力，讓我曾有的美好回憶長滿毛刺。

我們要求他看病，學長怒極，認為瘋的是我們，他母親退而求助宗教，學長認為雕像崇拜愚蠢。他寫詩籤，自畫神鬼像，有神面獸身或雙面菩薩，一笑一怒；或如來面容同時兼具佛與魔，左半佛祖含笑，另一面是突著利牙的夜叉。不得不承認，瘋狂的學長展現了繪畫天分，他繪製半佛半鬼，墨、金、朱用色大膽直接。學長沒有信仰，認為鬼神仍是肉身，他意欲打破天人鬼界線，如此破格又連貫。

學長母親迷信又傳統，看了她兒子的畫作，哭喊家門出了孽子，並以死逼迫她兒子看病，學長才勉強隨著我們到S醫院精神科。

求診前，我每週探視學長，他母親迥異於以往對我的冷淡，會握著我的手，連連道謝，她知我們現在共同的敵人是她兒子的情緒。她會在桌上擺放我喜歡的檸檬蛋糕，但水果則不擺出來，因為桌上有硬的食物或物件，會被學長拿來當作投擲的武器。我和學長母親一定緊鄰而坐，除了討論病情，也因為擔心被學長吼或猝不及防的揮拳，彼此有個照應。有時會氣自己是在幹什麼呢？都協議分開了，我要實習、畢業論文也告急，何必讓自己待在隨時提防無影拳、充斥怒聲與哭聲的高壓環境中？每當我以忙為藉口，學長母親就會親自來大學教室找我，哭著想尋死。有次我耐性耗光，冷淡地表示當初她極力排斥我，現在何必來找我？人不能那麼現實。

「我兒子從小脾氣就非常暴躁，和你在一起是他脾氣最溫和的時候，你說什麼他都聽，對我這個媽卻不是這樣……我才會看到你就反感……現在有了共同敵人，我們要合作。」她邊說邊掉淚。當初我選填職業，性向分析師說我的同理心及共感趨近滿分，學長母親是不是知道我見不得別人哭的心軟個性？

就診時，學長與他母親填寫「他評量表」、「自評量表」，醫生將我們安置在諮商室，以「漢密爾頓焦慮量表」（HAMA）及「憂鬱量表」對學長進行訪談觀察。他拒談，快步走來踱去，呼吸粗重，兩手在胸前猛搓，憤怒地抱怨看診好慢，比上課更耗費生命。他說自己已洞察生命本質了。我幾乎被他感染了焦躁，想出口請他坐下，看著學長母親以墨鏡遮掩眼角瘀腫，及醫生無奈的神情，我只好靜默。學長左走兩步，又回走，重複百遍，似分針卡在鐘錶某時刻來回震動。學長的人生是否卡在此時了？

「躁鬱症是躁、鬱輪流出現，他現在正值躁期，合併焦慮、幻聽。」報告結果沒有出乎意料，須服用情緒鎮定劑「鋰鹽」，這是躁症病人的藥劑。

學長乖順多了，爪子縮起如家貓，慵懶、不想出門，蜷縮在房內。接著，他會哭，傲氣的他從來不哭的，這比他拍桌摔物吼罵更令人震驚。他常開窗探頭，幸好學長母親已加裝鐵窗，關住他體內的暗灰色小孩。我責備他是生命懦夫。「你沒有權利批判，我選擇活或死，都有勇氣，你應該給我鼓掌。」輪到鬱期的他全身無力，但又費勁地爭吵，氣我不能當他的支柱。

學長母親有時緊急來電，拜託我快過去幫忙扣住她兒子，由於鋰鹽會噁心暈眩腹瀉、沒有寫作靈感，學長常拒絕服藥。有次我趕去幫忙，學長劇烈掙扎，我的腰側被撞傷，半晌直不起身，藥散落在地，他嚷嚷頭痛胸悶，有機器在腦內翻攪，發出動物般嗚吼，學長的文字語言都退成了原始的嚎叫；等平息後，我累得想喝瓶飲料，我舉著可樂問：「要喝嗎？」他勉強點頭。「這是冰的。」他點頭。「半杯？」他遲疑一下又點頭，如機器人，一個按鈕一個回應。學長母親叮嚀他喝慢點，不要噎到。「可樂的氣泡一球球上升，很像我體內不斷冒出的怒氣。」忽然說此話的學長，聲音高亢有力，他自從服藥以來，聲音多半低沉、小聲、虛弱。我與學長母親對看，提高警覺，懷疑學長是否又沒有遵照醫囑乖乖服藥？她示意我退出她兒子的視線範圍，她則小心地將學長的汽水倒入紙杯，將瓷杯碗盤及流理檯上的刀具收好。

和這對母子相處久了，我好像也病了，半夜常驚醒，夢中總聽到桌椅被鋸斷的聲響，下個畫面是摔物嘶吼聲。

我常常想著，何時要鋸斷與這對母子的聯繫呢？當我有意這麼做時，學長母親便以淚水和自殺要脅，學長則大吼，走啊，反正他父親從小也是拋棄了這個家，他所有的朋友、交往對象在他生病後，全避不見面，學長母親抓著我的手，說她真的找不到伸出援手的人了。但，這個家給我的功課太多了。那時，我常覺得獨行在漫漫長夜中。有天我患了重感冒，卻心喜這是天賜的禮物。

隔了月餘，上完研究方法概論，學長母親在教室外等我，她是積雨雲，一出現，我的世界就要風狂雨暴了。我瞥見她眼角、手肘又瘀青，嘴角傷口結了痂，她抱著我抽噎，無助地像小孩。

學長又私自停藥了，他原本堅信依靠自己的意志可以控制病情。服藥，讓他由天才變成凡人，腦中原本一閃一閃的光熄滅了。想起他未服藥前，兩天看完馬奎斯《百年孤寂》，一天完成四、五十首詩，他說寧可當瘋狂的詩人，絕不當清醒的凡人。但當他完全瘋狂時，凡人世界也不太容得了他了。

停藥期間，學長不知體內暴動及陰鬱的小孩也長大了。有天傍晚，學長母親返家時，地上全是被砸壞的風扇碎片，學長正對著殘骸大罵，原來他認為風扇撇頭，像極小時他母親上班前，將他丟到幼稚園的寡情，又像他父親及每位女友離去的決絕。他嫌時鐘答滴聲太吵，一拳擊裂，學長母親攔腰制止時，拳頭也落到她臉上。學長是被架上救護車的。

學長住院一週，由急症病房轉至慢性病房。我與學長母親搭乘電梯直達十樓，交完院方認定的違禁品，學長母親急著探病。醫院沒有我想像中的陰森，不同於電影《飛越杜鵑窩》（*One Flew Over the Cuckoo’s Nest*）中充滿尖叫、毆打，此處寬敞安靜，門內，病患排隊，多數如同慢動作般緩步、抬頭、轉身。學長母親快步走，我在後頭緊跟，壓克力門打開，為這靜、緩的空間捎來點聲響。

學長在護士前張嘴服藥，確定吞嚥下去才能換下一位。那天約莫早上九點，學長順從地隨著職能治療師做健康操，接著在心理師帶領下，看著別人拼圖、串珠，許久，轉去另一桌著色。他選了一張繪有河馬的線條圖，拿起蠟筆開始塗。眼前的學長，體內狂飆的莽撞孩子似乎隱匿了。我想念學長精湛的畫工，天馬行空地繪製鬼神，但也害怕瘋狂的他。

學長母親向護士詢問兒子的病情，護士說，學長體內的時鐘有時音速、有時龜步，狂躁時，內心充滿金、紅、亮彩；憂鬱時轉為黑、灰、白。轉換週期有時半月數月，有時瞬間，躁鬱反覆出現的學長，藥物調配的困難度很高。

我走到學長面前，他胖了些，肚腩微鼓，頭頂有塊十元硬幣的空缺，應是狂躁時扯禿的。方才跳健康操，他的褲頭鬆了，正低頭想繫好鬆緊繩，手似乎不是他的手，他顫動，遲遲無法將繩子打結。學長母親解釋，重鬱來襲時全身會無力，扣鈕釦、繫繩都難如登天。第十分鐘，學長終於完成了。我喊他，他抬頭，墨色瞳孔外緣有淺棕色輻輳紋，紋緣環繞一圈深棕色，眼神平靜。他認出我，但眼神空洞呆滯，沒有對焦。猶記得他以前狂躁時，眼珠全是黑偏深棕，此時他是學長，又不太像是學長。接著，他站起，繞過我，找心理師換盒較少斷裂的蠟筆，又坐回原位，熟悉自然，彷彿這兒才是他的家。

學長病情穩定後打電話向我誠心道歉，說不會妨礙我的未來，我隨時可以抽身離開，我心軟，想著過往受到他的照顧，豈可在人有難時劃清界線？不久他病症來襲，又開始伸爪揮拳，我逃離台北，返鄉找尋庇護，暫時不與他們母子聯繫。我仍持續關注學長久久才更新的部落格。有天他發布貼文：他的身體日夜住著不同人，都是他，也都不是他，有時他懊悔自己打人，有時又慶幸拳頭讓他沒有絆住一位好人。

他不知道，他筆下的那位好人有著陰暗面，常想著要拋棄他們母子，獨自過著安穩日子。

（本文獲第十五屆林榮三文學獎．散文組二獎）

紅磡演唱會

回鄉數週後，因為實習報告未繳，我必須返校處理，學長母親聯繫上了我，她兒子被送往S醫院精神科急症病房，數日後轉至慢性病房。「就當作朋友一場，一起去探個病，好不好？」學長母親這番話，觸動我許多情緒。

學長住的高樓病院，與電影裡身心症醫院場景相去甚遠，沒有手銬、尖叫、房外沒有鐵絲圍欄，單純如一般病房。特別的是病患動作極緩，猶如時間凝結且慢慢解凍，只是地上沒有水，連影子都很稀薄。

那天是初春，寒流來襲，我與學長母親穿戴毛帽、厚外套，心想萬一被襲擊，也有個軟盾牌。護士帶我們到一間牆壁貼滿泡綿的小病房，眼前的學長鬍渣沒刮，髮如雞尾，頂上毛髮被他摳出兩、三個十元硬幣大小的光禿，坐著的他遲緩起身，慢動作分解，如漫步在失重的外太空。也許是藥物削去了他入院前喜怒分明、急躁暴動的稜角，安撫了他體內噴發的毛躁。

病房裡，單人床、一張椅子、一只塑膠臉盆及紙杯盤，再無他物。他認出了我，點點頭，並喊了我身旁、嘴角被他烙下瘀痕的人一聲「媽」，見他對他母親擺擺手，事不關己的冷淡，我惱怒地說：「對你媽這樣……對嗎？」

他九官鳥般重複我說的話，「對嗎、對嗎？」明明是我在問話，倒像是他在質疑我，學長母親反而說著沒事、沒事，想略過這難堪話題。前來更換被褥的護士說，對待病人，不要曉以是非，同理就好，才明白在此工作的醫護人員，第一鐵則是「打不還手」。我了解學長需要同情與安慰，但想起之前我只要說句他的詩不好，或與他持相反意見，他便拍桌、橫掃杯盤，當時面對雄獅，我只能龜縮，頻頻安撫，並不知道病情如此嚴重。獅子若病了，以口舌舔淨自己都有困難，哪有心思顧及周遭人們的情緒呢？

記得學長曾抱怨，小時他父親離家後，他母親獨撐家計忙著上班，鮮少陪伴，他便以哭鬧代替說話，有時我不免想著，會不會這些情緒點滴積累，早在他體內種下病因？有次看到他對他母親揮拳，我正想架開，學長母親反而緊抱著兒子哭泣，學長才漸漸安靜，他們以肢體表達拉扯與暫時和解，也許感情夠深刻，才能撕裂又快速和好。學長的情緒時而暴躁易怒，有時心情直往下墜，常說活著對他而言不是動詞，只是一個符號，這些反覆情緒讓我常警戒地在彼此之間劃下一道結界。有時也想再給予更多關心，但學長給的回饋常是「你懂什麼，只會出一張嘴」，我只好閉口，當一只安靜的蚌殼。

眼前被強迫服藥的學長正常，也呆滯。那天陪同前去看病時，學長由急症病房轉至慢性病房已近兩週，學長母親覺得兒子正常多了，正想問可不可以出院時，學長忽然喊頭疼，自行撥電話給服務檯。

護理站回電一律用擴音播放，護士柔聲問什麼事，學長說，要找周潤發。護士早已知道如何應答，回以「周潤發不在」。學長說，他是劉德華，想找老友續演《賭神》，接著在病房唱起劉的名曲〈忘情水〉。未畢，問好聽嗎？學長母親使個眼色，我們讚許地鼓掌，學長以掌擊桌，罵我們說謊，我們更加用力拍掌，以聲勢、音量證明歌聲確實好聽。學長母親想順撫學長的背，又擔心被她兒子突襲，只好僵硬站著，稱讚她兒子的才貌媲美明星。

我的巴結戲分演得不稱職，學長母親頻頻示以眼色。入戲的母子，則稱職地扮演哄與被哄的角色。

眼前的劉德華，忘情地唱著〈忘情水〉，現實中社交有些障礙的學長，在慢性病房反倒交了朋友。急症病房是一人一間，只有醫護人員准許進入，慢性病房管制較寬。病友們耳聞歌聲，知道學長在唱歌，探頭、微笑，一個個移了進來。學長的病房熱鬧，常有病友央求他唱歌，並請求簽名。學長拿起彩色筆，大剌剌寫上「劉德華」，我問學長怎麼不是簽本名，他說，劉德華是他闖蕩江湖的藝名。我有些感慨，分開後，我才能較有同理心地看待生病的他，以前只會抱怨自己倒楣，怎麼少女時代戀愛就碰到大考驗？

學長未生病前，喜歡雪維亞．普拉絲，立志要成為名詩人，一場病，讓他由文學界轉至想像出來的演藝圈。問他還做著文學夢嗎？他記得，但服用躁症藥物讓他思考遲滯，鬱症來襲時，連握筆的力氣也無；他解嘲，文學賺不了大錢，偶爾唱唱歌，也滿快樂。

那天，幾位喜歡學長歌喉的男病友到病房開「歌友會」，二十歲至四十歲都有，他們以學長的小弟居之，熱切地稱學長母親為「星媽」，他們聚在一起如同孩童扮家家酒。聽護士說，院方制止病友們出院後繼續聯繫，學長與「小弟們」知悉規矩，短暫友情僅限此時此地，他們對學長的追捧熱情直接，學長也賣力地回以經典曲目。

學長的明星意識並非經常擁有，護士說學長通常一覺睡醒，便忘了前日的高歌；有時鬱期來襲誰也不理，前來的「追星族」會被護士請回。學長常幻聽有人愛慕他，請求簽名，但也常說有人因他成功而眼紅，要加害於他。幻想出來的世界，成了學長眼中的善惡江湖，現實生活中，學長已經多事不順，應他召喚而來的天地，光與暗影也是並置了。

固定餵學長吃藥的護士叫丁妃，兩條辮子垂肩，總是甜笑。二十初頭，肘內十幾道暗紅、朱血爪痕。她笑笑說，病人抗拒服藥時常抓傷她。院內人手吃緊，工作時數超載，壓力如此，仍是得細聲細氣。她檢查完學長確實服藥後，學長九十度鞠躬，說丁妃姊姊人最好，要回贈簽名照。丁妃笑得彎眼如月。

住院費用依日計算，所費不貲，那天醫生診斷學長的病症減輕許多，學長母親便想辦理出院。當天下午歌友們離席後，學長和隔壁床的牙膏聊天，我們才知牙膏生於單親家庭，婚姻受挫，又遭公司資遣，罹患憂鬱，割腕，多次住院。牙膏生於不完好的家，內心更渴望完好，無奈現實常戳破他的想望。他發病時，將數條牙膏塗抹在病床及身上，說全世界都清爽了，因此有了「牙膏」外號。

學長住院後，和牙膏成為鄰居，共處約兩週，分開在即甚為不捨，但他們也不希望在此重逢。學長唱了劉德華名曲〈謝謝你的愛〉，和牙膏、丁妃擁抱，大聲對丁妃說「我愛你」；丁妃笑說她知道，她的胳臂，留有多處被學長抓咬的「愛的印記」。

讓學長大方說愛的人，不是他媽媽，也不是我。我對學長多是緊張、疲累。丁妃擁抱了學長的不完美，我則害怕學長的暴動情緒，將他擋在生活之外。之前學長情緒如暴雨時，我曾私心希望他多住院幾日，這樣我與他母親才輕鬆，我也不必一直被叫過去幫忙餵藥。病房裡，六點起床，七點早餐、服藥，九點跳健康操，十二點午餐，接著午睡，下午兩點公共活動區繪畫、串珠，接著晚餐，晚上九點就寢。我私心地想將學長壓縮在層層規律的病房內，我只需隔幾天來探望一下就好。

傍晚辦好出院，學長對牙膏及護士們說，會常回來探望，幾位歌友前來歡送，學長幽默地許下約定，將招待大家到紅磡聽他演唱。在外界不擅言辭、只會出拳的學長，他的靈魂在病房裡逆回天真歲月，直接且純粹，哭、笑、怒、吼，毫不打折。不像我，老是自我隱藏，將自己的稜角削去，不好意思對學長母親說不，人家一拜託，我就心軟，毫無原則。

出院時，學長母親小心攙扶兒子，我幫忙推行李，送到病房門口，丁妃打趣問，何時要開演唱會啊？學長搖頭說，能過上平常日子就萬幸了，在外界要得到「通行證」，難如登天。

學長走在我前頭，不知是否多日待在病房，腿部腳底筋骨沒有活絡，他走路有點歪斜，全身看似軟弱無力，一雙長手在身側飄呀飄，我想起剛剛幫忙整理行李時，學長有本住院時塗寫的小本子，裡頭寫到，他想讓體內「許多的他」待在和緩寧靜的病院裡，凡事慢慢來。醫院裡病患不會相互明說對方生病，大家在病院裡反而自在，反倒醫院外，有著嚴苛規矩界定什麼是正常、反常。本子旁邊有排小字歪斜注解：社會就是感情經過修飾的一群人聚集，真相不真、假相不假，在這樣的「社會」，活著也如同死去。

我的心頭倏地一皺。我自詡正常，探望生病的學長，或許，他也從他的觀點看我，只是他讓時間凝結，步伐也凍住了，很可能一天之中，只有十分鐘或三分鐘，學長還原為水，讓文字成了一面鏡子。我或者所有自以為正常的人，都是那一行歪歪扭扭的注解。

我把行李放進學長母親招來的計程車。學長母親問我要不要一起搭乘，我微笑擺手，藉口還有事。

大學畢業前，報告、家教、選擇未來工作等事輪番而來，我生了場大病，覺得該放慢腳步，也要放下時時擾亂心神的那對母子。我退了租賃地，收拾行李返鄉，等待工作。學長母親也知道我跟她兒子不過在人世間共伴幾個季節。後來，我漸漸淡出他們母子的生活，學長的身影漸行漸遠，每每在報刊新聞看到「紅磡」二字，我都會想到學長的歌喉及曾經住過的高樓病房，那裡頭的擺設全是蒼白的泡綿。我仍持續關注學長的部落格。某天，他關閉了部落格，人與字如泡沫般消失。

十年後我因職場及不孕症治療無果，備感壓力，輕微憂鬱，常被下墜力道拉扯，旁人無法理解我內心汩汩湧現的陰暗，認為是自尋煩惱、想太多，這時我會去翻閱昔日學長贈與的詩作，裡頭夾有乾燥花瓣及為我畫的素描。當年那段情感傾斜的結果令人悲傷，十年後竟然讓我能及早敏銳地察覺自己情緒不太對了，宜早就醫找尋平衡。昔日我以為只會帶來麻煩的學長，竟然給了我如此珍貴的經驗寶藏，我看著詩頁上，花朵已枯，拓在紙上的烙印如胎記般暗紫，他的文字與畫，一一被我閱讀。

畫話

返鄉工作後，面對學生我總沒有自信，學長生了病亟需別人伸出援手，我卻選擇了遺棄，這樣的我會是個好老師嗎？

藝術治療師教我，凡事盡力就好，不是遺忘某些過往，便是屬於狠心之人，感情不是開關，有時勉強忘記反而記得更牢，老師要我把心中想到的影像畫出來，以不打擾的方式來記載過往，直到某天再也不想這麼做，傷口便會結痂。看著照片中的他，我拿出2B鉛筆伏案素描，畫圖時心不大平靜，但日子卻在白紙黑筆中過著純色般的安靜。

素描時，心情多般滋味，想要畫好五官比例，同時梳理心中對自己轉身離去的歉意，筆觸刷撫紙張時線條時停時引，落下的細碎炭粉，像回憶兩人分開時心中的輕聲喟嘆，筆尖描摹臉型輪廓時，我腦中飛過更多影像：猝不及防便瞪大的雙眼，我實習下課匆匆趕去醫院陪病，他出院那天，我推行李，他由他母親扶著，護士說家裡有我這個姊姊讓人安心。我心情複雜地想到戀情昇華成類似親情的陪伴，只是終究不是親人，我日日在課業、家教、病房間來回，生活過得窒悶，只好啪地一聲，主動離去，扯斷彼此的牽繫。

紙上，我以鉛筆在他的眉宇間刷上常皺起的摺痕。某次回診時遇到好友，好友說我怎麼像個阿信，學長當時氣得皺眉垮嘴，摘掉眼鏡和對方爭辯說他沒有欺負我，露出的鼻梁印著微凹線痕，記得他說那凹痕是為了看清世界的勳章。有次我被他的起伏情緒干擾得嚴重失眠，他難得愧疚，眉間因我的指責而皺起。幾次兩人同時出口相同詞彙、有著相同默契時，他的眼睛會瞇成縫，縫中閃著星光，那時眉間皺摺好似平緩了些。只是有默契的時刻，到後來極少、極少。

他的鼻梁挺直、鼻尖微翹，眼尾弧度在眼角垂了又揚，分叉幾絲皺紋。情緒平穩時，他浪漫如詩，說自己的眼睛本是兩條隔岸相思的魚，魚尾巴提早在二十五歲時已出現紋路，且眼尾略有斑點，於是我筆下的眼角，輕刷幾縷細紋、輕點幾顆炭粉，這是我記憶中極熟悉的面容。

眼神最難畫。最初他論文順利時，彎眼如月，溫暖不刺眼；論文不過時，他的眼神常染上陰鬱的灰黑。

我把書房燈光調亮，讓畫裡的五官不要籠罩在陰影裡。我不擅長處理明暗對比，他鼻梁側的凹痕、微笑時鼻翼旁法令紋的暗線，瀏海垂在額際間的明暗，我常塗塗改改，紙上都起了毛邊，此刻因回想起兩人的尾聲，我內心也起了毛絮。

素描對方的唇時我頓了幾秒。他的唇峰立體，唇弧線豐厚飽滿，難以相信情緒暴怒時，出口字眼竟如此尖銳，每根刺又長出尖枒。二十歲的我提議分開，像嬰兒般大哭，那陣子，語言只是哭音，哭到家人都嫌煩；慢慢地，喉間可以出口單字時，才又新生。但是與他有關的任何事物，好一陣子都發不出音了。

起初我只用影印紙作畫，紙上因淚水模糊了筆觸，紙簍堆滿不滿意的作品。時間一天天過去，許久，拿出紙張凝神描摹他的眉眼時，心已漸漸平靜。我開始用起珍貴可保存、且不易變色的法國插畫紙。

我用素描當中，線與線交叉的技法表現唇的亮光與陰影。當初受到他極有溫度的談吐吸引，而後因他的冰冷字句受傷，所以用交叉線的暈塗技法，才符合他唇線的明暗立體感。那雙唇在兩人和樂相處時，曾在我的暱稱「糖」字前加句「親愛的天使」，他有時用英文「Dear Angel Sugar」或縮寫DAS稱呼我，我在畫作背面簽上暱稱時，突然驚覺這名字早已預言了結局——倒過來寫，就是SAD。

那魂似地糾纏我的影像很久之後才告一段落，我開始畫起了別人及其他靜物、風景了。

好友曾問，怎麼不使用學習較久的油畫技法畫他呢？我沒多做解釋，心中知曉只有黑白素描最能表現他的對立原色。在一起時的光亮，陷入憂鬱時的陰暗。我在紙的右上方畫一把放在他背包裡的黑色雙摺傘。我返鄉離開台北那天，外頭天氣很熱，我的心中卻滴滴答答下起了雨。

末日

水晶吊燈瑩光下，銀白蕾絲桌布透亮，桌上一瓶一九九〇年勃根地紅酒，聽說當年產地燥熱、水分不足，葡萄顆粒小，於是將釀製的酒儲放窖中多年，一開瓶便飄散草莓與烏梅的水果風味。暗色瓶身映出我微尖下巴、及肩直髮，右手以叉取牛排，叉子在酒液中略微變形彎曲。看著瓶身中的影像，哈哈鏡般地被拉寬。這一切，也許隱喻著現實會不會有些變形？

那是和他首次見面的餐廳，一絲尷尬些微冷場，我只好看著瓶身景象胡思亂想，內心深信預言家說的：「千禧年前夕世界會滅亡。」自己焦頭爛額的論文、前一次戀情無果，再撐三年到末日那天就好，一切都會終結。

那時即將讀碩一，前次顛簸的感情讓我覺得這學分太難修了，努力工作，專心寫論文才是要務，適合獨身的我，未來養隻貓作伴就好，但拗不過熱情樂觀的閨密小賴的人情壓力，只好和小賴認識多年的朋友見面。

年近而立的他被職場後進戲稱是叔字輩分，從事電子業，做事講究科學、數據，嚴謹守規矩。

由小賴那兒得知，他在南部念書多年，來台北工作，想多認識朋友。

「小賴，找別人吧，我忙著要和論文大魔王應戰。」

「我們一起研究占星，不是深信占星老師說：十七世紀法國人諾查丹瑪斯（Nostradamus）在《諸世紀》（*LesCenturies*）書中預言『一九九九年七月／為使安哥魯莫亞王復活／恐怖大王將從天而落』？這寫於四百年多年前的短詩集極準確，預測到拿破崙兵敗滑鐵盧、希特勒興起與戰敗、二次世界大戰、日本戰敗投降、蘇聯解體、六四天安門事件等。我們相信千禧年前，地球就會滅亡，多認識幾個朋友，讓今生無憾啦。」

小賴見我繼續翻閱與上半身齊高的論文資料，湊近身旁：「你不是想買車？」

我從資料堆中抬頭，這問句引起我的注意。

「去認識新朋友啦，你不是偶爾會逛車展？你看過的車，都會買嗎？」

秒懂小賴的意思，著實佩服她的口才。初次見面那天，那家西餐廳餐點高檔，男方還付餐館小弟開瓶費，邀我品嚐珍藏多年的一九九〇年勃根地。後來才知他頗喜歡酒，但酒量不佳，只能小酌。

他長相斯文，白淨臉龐掛著細黑框眼鏡，但彼此研究領域不同，交集不多。沒把對方視為交往對象的我，不顧慮問話是否會被對方嗤之以鼻，我談及末日及酒瓶照映變形事物的象徵想法，他理性分析星座、算命、占卜都是大數據，屬於統計學。

也許我的學術生涯太苦悶，埋入論文堆裡讓人有埋入黃土的絕望感，雖然對話極平常，像朋友般沒有激起火花，我倆竟展開每週一見的互動，多是由我帶著他逛台北老街，兩人對話坦白真實犀利，是工科與文科的理性與感性對話：

「一九九九年是世界末日，無稽之談，你念文學，但腦子要理性點。」

「但《諸世紀》裡的預言，一一應驗，你從事電子業，偶爾看看預言書，讓生活不要都占滿方程式。」

「我是無神論者，人生充滿了機率。」

我的感性腦往往敗陣，每當此時，便後悔何不窩在家中看《動物星球頻道》？拍攝的動物比眼前口才極好的理工直男可愛多了。

當時我堅信兩人只是朋友，沒有電流感啊。一年多後某日，他在MSN裡飛來一句：「你相信明年兩千年是世界末日，我不信，但因為是你，我想試著去相信。」我心底一陣雀躍，唇槍舌戰多次，他第一次臣服預言。接著對方又無預警地丟來炮彈：「想不想在一起？反正明年，地球就不在了。」

由篤信科學的人講出我深信的預言，我內心湧起荒謬感，不知道對方此言是玩笑或出自真心？他在MSN傳來一句句文字：「本島地震颱風多，強國研發核武，某大國製造病毒生化武器，就此推估，末日到來的機率超過七成。」

一向認為他與我都是塑膠，絕緣體，他拿出科學實據：「塑膠只是電阻很大，倘若真的給予電壓，仍是會通過電流。電阻為零稱為導體，電阻無窮大為絕緣體，世間萬物都介於兩者之間，沒有絕對，天底下沒有完美的絕緣體與導體。」

也許對方說的這段話太有哲理，或是當天窗外的夕陽太美、吹來的風太溫柔，也有可能因為末世引發的傷感，我答應了。人生果真是擲骰，永遠不知道哪一面會朝上。

對方說的在一起，和我前次感情經驗不同，兩人仍「在一起」鬥嘴，沒有甜言或閃瞎旁人的你儂我儂，差別在於我倆以前是各吃各的，現在共吃一鍋飯、形似一家人。兩人自封末世情侶，有架便吵，有話直說，因為地球所剩之日無多。兩人也曾吵到想分手，但末日餘生感，我們不想浪費時間再各尋伴侶。

＊

那天是中秋前的凌晨，我剛好回宜蘭老家，由夢境中傳來啌哐撞擊，清晰地如在身側，我突然驚醒，床榻如賽車甩尾將我的身體、枕頭自床上擲開，想翻身繼續睡，周遭啌隆如雷擊，離床只有一臂之距的壁上掛畫，啌地砸向書桌。這不是夢。同在二樓的父母尖喊地震、地震，我全身癱軟無力下床，數分鐘後，父母尖聲由前側傳來，大喊快躲到柱旁，手機正響起他的電話問候。隔天一早，新聞傳來各地高樓住宅坍塌畫面，全台死亡人數超過兩千，數萬人無家可歸。我不斷催眠這是夢，但夢境怎會如此真實血腥？

當時媒體也惶恐臆測：末日即將到來，如兩個月前，俄羅斯以火箭發射衛星，升空幾分鐘後發生爆炸，碎片散落地面長度達二千公里；幾天後，美國前總統甘迺迪之子駕機失事；再過幾天，大陸某黨民政部發布所謂關於非法取締的通告，從此神州大地紅色恐怖，抓人洗腦、判刑，酷刑折磨活摘器官，血雨腥風。真要世界末日了嗎？

再見到他是地震後幾日，看著媒體大肆報導，他的科學信念動搖了些。

我正擔心研究所畢不了業，當時離畢業尚有半年，但論文大綱教授不滿意，臨時生變，口考門檻要評點完《十三經注疏》，我只點了《論語》。看著電視報導九二一大地震的新聞，內心突發奇想：反正世界亂糟糟，毀滅之日即將到來，論文過與沒過又如何？索性活在當下。不太亂花錢的我開始和他吃遍台北各飯店美食，由原本看二輪片改為看院線片，再三個月全人類就要毀滅了，錢有何用？

我倆的架吵得更兇了，生命都快消逝，怒氣何必要忍呢？再有修養，也無法長命。我天生患有地中海型貧血，每個月要回診追蹤領取鐵劑，那位醫生門診預約常常秒殺，我便改成兩個月再回診，藥有拿就好，何必在醫院耗費時間？

也因為共處的日子只剩數月，他與我約定未來路上一起結伴同行，相約若能倖存，千禧年便以結婚來慶祝。我納悶是因為真愛？或是因為來日無多？

「想那麼多，不是要活在當下？」他這句話，讓我驚訝他的轉變，理性、相信數據的他漸漸覺得預言也不全然荒謬，那場地震關鍵至極。看著電視新聞，我們曾去過的地方夷為平地，在他心中投擲的震撼不啻投下核彈。我倆開始挑選婚紗，請雙方家長合八字。

千禧年前夕，我倆與家人徹夜打麻將、吃宵夜，歡樂又擔心地球爆炸，惶恐想著末日來臨不知是何種場景？我大口吞食鹹酥雞冰淇淋高油高脂食品，生命快結束前，得以痛快重口味的激情美食果腹，要善待自己，牢記對方身影。

我們狂歡又平靜、以吃撐的飽凸腹肚跨年，跨到了新年首日的最早夜色，才疲憊地沉沉睡去。睡夢中，搖醒我的是好友熱情邀約的電話：「一起到總統府參加升期典禮。」我拉拉窗帘，元旦早晨，微黃曙光竟是平靜地照在帘布上。

怎麼是安詳的新年？那……我胡亂花錢後銀行的積蓄剩多少？近來暴食，不知贅肉增加多少？忽然間，想到今年最要緊的兩件事：半年沒有進度的論文及結婚——這會不會才是真正的末日？

米粉湯

和他在一起後，我特地研究米粉湯的烹調方法，因為他很喜歡這道料理。市售的米粉，增添大量的人工修飾澱粉，如橡皮筋般久煮不爛，嚐來Q彈有勁，但米含量不到兩成，少了點米香。為了一嚐不含雜質的天然純味，我尋訪許久，找到新竹農會製的純米粉。

那天我說話口氣差了些，和他有些不快，我想了一個道歉法。將砂鍋置於爐上，鍋底放一副豬大骨和大腸，加點醋、酒去腥，文火熬煮多時，至湯頭翻滾著奶白花泡，撈起豬腸，在滿溢濃脂香的廚房，小心地瀝去湯面的浮沫渣滓。純厚乳湯微微泛著鵝黃油光，撒點紅蔥頭，顏色香氣讓胃底緩緩地磨出饑餓感。

爐火的煙燻得我眼瞇鼻熱，專心廚藝，讓我暫忘與他爭吵後、慣常的兔眼。那時我研究所論文被教授大筆刪改，臨時更換主題，任職的新學校必須輪值晚自習，天天朝八晚九，壓力極大，內在常發布深淺層地震。他極有耐心，在我陰鬱時，常在一旁做個打光的助手，安慰著每個人的情緒都會生病，愛情與病情兩不干擾，我病了，他更要不離不棄。

當我論文及工作開始順手，以為彼此走的線會編織成美麗圖騰；當我又遭逢挫折，便讓感情線又打上了死結，總陰鬱地想，會負面思考的我不適合明亮的他，再美的圖騰，繡在不適合的衣服上，風格就是不搭。

他認為感情路上我倆也有學習障礙，我情緒控管較差，常說著分開的違心話，他便誤以為真；有時他不想心軟低頭，我則傲氣地關閉心門。例如某次誤會，我們冷戰多日，後來爭吵內容我多半忘了，卻拉不下臉主動開口。事情過去了，心情尚未過去。

但多日沒有他的訊息，我不禁亂想對方怎麼了？只好和緩姿態，苦等一個特別節日，撥出電話，藉由烹煮對方喜愛的美食，召喚對方的胃。好不容易盼到了他的回覆，即使只有簡短幾字，但已使我那忐忑、緊繃的心，注入些許流空氣。

壓抑不住內心的雀躍、慌亂，也胡亂想著見面要先招呼或是道歉，我的手肘不慎燙到鍋緣，一道彎形紅線烙在膚上，某個方向看是笑臉，反著看是嘴角下垂。我用水流冷卻傷口的熱度，滋的刺痛感仍難消退。

離見面尚有幾小時，我用牙膏塗抹燙傷處，將乾米粉浸泡溫水，旋即瀝乾，接著入鍋吸收湯汁，以瓷瓢繞著鍋底緩緩攪動，以免黏鍋，孰料成品出乎意料地失敗，本應Q彈不爛的口感，浸泡在湯汁中，卻碎成小段，筷子沒辦法夾食，只能用湯勺舀起。許是煮太久了吧，我將湯頭另倒別鍋，將泡過水的剩餘米粉下鍋，湯一滾，立刻熄火，仍是碎裂成糊。難怪店家不敢賣純米製的湯品。

當天見面，我們才聊了幾句又兜回舊帳，他認為論文寫不出來就算了，又不是絕路，我覺得只剩半年就畢業，豈可半途而廢？他說我固執，我認為對方沒有同理。我沒有遞出燜在罐內、早已碎爛的米粉湯，他沒有看到我手肘上的傷。

那個膳魔師品牌的保溫罐保熱功能絕佳，我回到宿舍後，湯仍是熱的，但純米粉燜在無法散熱的密閉罐內，只會增加湯的糊濁，想著方才的不歡而散，不如藉由吃來慰藉自己，我吃著對方喜愛的美食，竟有種兩人仍在同一個國度的錯覺。

我將湯倒在碗中待涼，看著幾則笑話，試著讓自己浸泡在歡樂中，沒注意到三月的還寒天，食物稍一耽擱，熱騰的湯只剩微溫，我吃著斷成碎爛、吸收奶白高湯的米粉，略覺油膩，不爽口。

我將保溫罐收在儲藏櫃，被燙到的傷口過幾天便癒合，我仍時不時地去刮、摳，痂皮泌出淋巴液，反覆癒合又破壞。傷口早已不痛，我卻無法停止對傷處反覆抓、掀的動作，看著傷口那道比旁邊色淺的膚肉，或許是提醒自己，內心相信的人是真實地存在著。我決定再煮一鍋米粉給他，改用清爽的湯頭。

夜盲

去年因為趕稿、每週學生的作業量爆增，且天天陪伴即將學測的女兒夜讀，加上自己想瘦身，飲食改成純素且清淡無油。某天天空降下黑幕時，眼前景物竟有些模糊散焦，線條是暈開的墨色，必須用力瞇眼，以為如此就能將景物看得清楚，幾天後，竟然必須以指觸摸才能辨物。

醫生判斷我有輕微夜盲，視力在晚上會漸進式地退化，由於視網膜長期營養不良，得多吃含維他命A的食物，如紅蘿蔔、木瓜、內臟。醫生問起家族病史：以前是否罹患過這種眼疾？提醒此疾有遺傳的可能。

我心突了幾下，想起碩二寒假某晚回宜蘭鄉下，喊著「阿嬤阿嬤」，坐在籐椅上的外婆表情呆愣，臉朝著我的發聲處問道，「啥人？」我小學前，她曾帶著我下田，陪我看歌仔戲布袋戲、豬哥亮餐廳秀；十多年後，她望向聲音來處的表情是竟是遲疑、畏縮，瞳孔裡有我的倒影，但表情及口中沒有我，走路常跌撞，白天情況則好轉。

家人擔心是否失智，緊急看診，才知外婆不是忘了我，夜晚時，她眼裡可以看到的景物切換成模糊影子，所有色彩變成闇黑。

*

那段時間因為研究所指導老師不滿意我的論文大綱，突然全面更動章節，我將論文裝在行李箱中拖運回鄉，思考接下來該寫什麼？畢不了業要不要休學？順便陪外婆治療眼疾。連續一個多月，我天天睡不到四小時，食欲全無，一包土司及水就是我整天的糧食。為了減緩焦慮，睡不著時就整夜看日劇，將自己丟入編劇構築出來的非現實及劇中人物的哭笑中。幾週後，螢幕中的草木人車，我有時清晰可見，有時隱約看到模糊輪廓在晃動，但隔日一早，日光照進屋裡，視力又恢復正常。

陪外婆回診多次，與醫生變得熟絡，我拜託他幫我驗光，醫生評斷我的飲食營養失衡，是暫時性夜盲，要我多補充維他命，繼續追蹤。父母要我回鎮上住，別給外婆添亂。看不清外在，我很惶恐，每當夜幕垂下，我蜷縮在床，內在有個聲音叫我不要看外物，看，會令我更不安，活在朦朧混沌的幻境中也不錯，看太清，便會像那天看著自己打了數萬字的論文、被教授一頁頁刪去的慌張。

兼修心理學的醫生得知原因，說我的眼疾是由於飲食、作息不正常及心理壓力引起失眠，導致眼壓過大；外婆則是生理因素引起此病，到了夜晚，外婆必須點眼藥水，因為此病有時會伴隨乾眼症。我則納悶，乾眼症？我因論文壓力大，時常必須擦拭因焦慮引起的淚水。

夜晚時分不太有辨物功能，形色於我而言都是空，也不大有看的欲望，但我的聽覺、觸覺相形之下，異常敏銳，常抱著當時交往對象送來的長頸鹿抱枕，藉由絨毛觸感，感覺在台北工作的他、溫暖仍在。聽他在電腦裡傳來喜愛的莎拉．布萊曼為巴賽隆納奧運唱的主題曲〈永遠的朋友〉（*Amigos Para Siempre*），他說戀人能長久相伴，必須兩人像朋友一樣相知、相談。

在醫生指示下，我補充營養，天天吃魚、豬肝、打胡蘿蔔汁，補充維他命，靜待視力恢復正常。有個週末，他帶了哈密瓜、芒果來探視，當晚我覺得視力回復了一些，外婆福至心靈地說，看來他就是我的維他命A。

二十年後，有了上次罹患夜盲的經驗，看完診，我開始長時間闔眼休息，不看書，因為即使翻閱，文字也是模糊；衣服隨意套上，任何款式顏色的衣飾於我而言，只是蔽體。也不開燈，有光無光，對我而言都是黑。但總想著飯後未洗的碗盤，未曬的衣服，此時，當年我的維他命A便會主動代勞，說些笑話，讓躺在床上假寐的我減去一些些擔心會失明的焦慮。「有時一點仔青盲嘛袂穤。」我說這句話時，臉上浮著得意的笑。

錦囊

常被問到，管教甚嚴的母親怎麼答應我的婚事？

那是外婆離世後的隔年春節，我隨母親回宜蘭老家大洲村，團圓飯時，親戚們熱鬧如常，玩十八骰仔、討論家鄉名菜糕渣、西魯肉等烹調法，彷彿外婆只是久遊未歸。餐桌上，我隨口談起幾週前外婆託夢，有帖祖傳八珍藥方藏在主臥室床頭櫃底層抽屜。大姨笑我胡扯，外婆走時，衣物及床頭櫃裡的藥罐、處方、包裝袋因藥鋪收攤，已全數清空。「只是場夢，聽聽就好。」我乾笑幾聲想轉移話題，空氣安靜了數秒，所有人暫擱碗筷，往主臥室奔去，留下我與菜餚對望。

不多時，鎂光燈打在我身上，四周擠滿高分貝的詢問，不平靜的氣流、不安分的熱鬧，母親盯著我，緊握那帖八珍藥方；阿姨、舅舅詳問夢裡場景、外婆的穿著、身形笑貌及說話內容，一面往我碗裡添加肉羹、米粉，盛滿大家對外婆的掛念。

我小時在外婆家寄養多年，與父母不親，回到自家長住後，生活習慣舉止全不在母親的期望之內，母親想將我塑成她期望的容器，我卻長成了自己的形狀，翹課、不寫作業、上課偷看小說、頂撞父母。我們母女關係一向緊張，很少聊天，多半是她下令，我照做或反抗。此時母親柔聲地問：「阿嬤看起來按怎？」

那天大家快速吃完晚餐，將主臥室圍成一章「類聊齋」的短篇小說。故事場景照進濛濛天光，外婆靠窗坐，捲起藏青色棉衫衣袖，在圓鏡前梳頭綰髮、髻上包覆薄薄的黑紗網，脖子及額際塗抹明星花露水，臥房裡飄散液態爽身粉氣味。外婆拉開床頭櫃說：「這帖藥帖仔我囥佇遮。」接著尾音漸糊，外婆的藏青色衣服在天光照拂下，稀薄成淺灰、淡白，最後成霧。

「花露水是我送的，後擺閣買幾罐來拜。」母親難掩激動地說。大姨問我，外婆有沒有提起誰？過得如何？長輩們一再重複「還有呢？」大舅媽狐疑又吃味地說，「規家伙仔只有外孫眠夢著伊？飼三年嘛是有感情啦。」外婆走後，無人夢過她，大家掛心著做仙的她。極為平常的夢事，竟轉化成極不尋常的現實，我們將此事聊成了一則傳奇。

一連數月，母親及親戚常問，「閣有眠夢到阿嬤無？阿嬤有來行行無？」素來嚴厲的母親口氣柔和許多，那陣子我的碩士論文頻頻拖稿，想衝動辭去工作專心研究學術，交往的對象家住外縣市，不符父母期望，母親大約希望我嫁「隔壁」就好。母親對我的怒火因家中親戚時常來電詢問「夢事」，硬生生地被捻熄。那年的週末或節日聚會，在重男輕女的家族中，我不習慣長輩投來的盈盈目光，親戚勸母親對我不要太嚴厲，我是家族裡唯一被奇夢眷顧的人。

我只夢過外婆那麼一次，變不出新話題，只好一再重述「藥方放置處」的老梗，但親戚對這場「神夢」的熱度未褪。常常，母親在一旁靜靜聽著我與親戚們的電話交談，我隱隱覺得夢境內容為何並不重要，那只是大家開啟思念外婆的儀式，我們重複提到她老人家及已收攤的藥鋪，彷彿約好在同時間一起想念外婆。

重述夢境的日子，我向母親重提想結婚的事，母親卻拿出相親冊，希望我與她挑選的幾位男士來場西服與洋裝的見面（當然，這些對象都是在地人），母親抱怨我交往對象住外縣市、聽不懂台語，我拜託姊弟出面請求，母親的態度都未曾軟化。「媽，他是外婆生前認可的對象。」外婆初次見到他時，要他到埕上看顧晾曬的藥材，我在廚房忙了兩小時，才知道他快曬成一稈稻草人，腳上留下一排蚊子唇印，他聽不懂外婆用台語喚著「入來坐」。事後，外婆笑呵呵地說：「這囝仔老實閣條直，袂穤，我來佮你媽參詳。」

我反覆說著外婆託夢的神蹟，及外婆生前提及他是值得託付的對象，我想，錯過這位個性極好的男孩，世上也許再無人受得了我的倔脾氣，原本堅決反對婚事的母親猶豫了，母親不禁相信，也許外婆擁有慧眼。數月後某天，母親說，帶他回家坐坐。已經不在的人，在母親心目中分量仍是相當重。

婚禮在奇夢發生的那年夏末秋初開始籌辦。送親戚喜餅時，我仍常被問及有無夢到外婆。

我從未對人說過，外婆託夢告知藥方放置處的夢境，是外婆生前叮嚀我務必照辦的事。那天是她過世前幾個月的初二春節，吃完團圓飯，她將我叫到房間，塞給我一只掌心大小的暗紅絨布袋，叮囑隔年春節再放回大洲主臥房床頭櫃的最下層抽屜，裡頭是一帖祖傳藥方，她說老家平時很少人回來，我把囊袋放進去，不會引人注意。那陣子，八十八歲的外婆時醒時昏，我想也許外婆失智，胡言亂語，或者錯把藥方當紅包，便笑笑地收下。「妹仔，明年這藥帖著提轉來囥，佮你爸母、阿姨阿舅講你眠夢著我佮這帖藥仔。」外婆重申叮嚀，要我務必做到。

外婆在清明後仙去了。喪禮過程，我因為哭不出來，心中過意不去，成天更加努力地誦經、摺紙蓮花，疲累、鬱悶時，便到三合院門口遠望，那天才發現，周圍的青蔥田開了朵朵圓花，類似拳頭大小、圓滾毛絨的白黃棉花糖。我沒能見到外婆最後一面，因為外婆只叫舅舅、大姨、母親及內孫進去說話，外婆生前住院，我去探病時，她常將我叫成了母親的名字。我聽著誦經聲，想著幾個月前外婆交給我的那張藥方，彷彿是給我的遺囑。

喪禮結束後，我忙著工作、論文，感情也走得顛簸，一度懷疑外婆遠去，是否也把我的福氣帶走了。趕論文焦頭爛額時，分外想念最單純無憂的幼年歲月；不順心時，常希望回到兒時，那時在鄉下長大、外婆常邊聽我說話，邊說「有時間雜唸，不如來去包藥仔」。寄養的歲月，想念父母難過大哭時，外婆總會往我口中塞零食，說，「三八囝仔，呷厚飽，欲哭卡閣來哭。」

外婆走後，我常想著，為何她臨走時不叫我進去說說話呢？為何她從不來我夢中呢？隔年，我反覆提起那場不是夢的夢境，心中當然有愧，當時不太清楚外婆的用意，只覺得漸漸嚐到受人矚目的甜頭後，我竟捨不得結束；有時想打住，但眾人熱切詢問的眼神及內心想讓婚事順利完成的念頭，迫使我不斷滾著謊言。重男輕女的家族中，在嚴厲父母的管教下，我總是被搶走了話語權，這是少數能成為注目的機會，我難掩虛榮的竊喜，壓下幾度萌芽的良心。曾幾次夢到事蹟敗露，醒來時汗流浹背，但眼見母親對婚事讓步，我選擇將實話深埋。

愈來愈清楚外婆的用意了，她知道我是跌倒時、淚比血流得更多的人，她不忍心我日後走得跌撞，離世前，在家族裡最暗色的外孫女身上，埋了一個精采的伏筆。

藥王谷

母親內心有道標準不低的「女婿門檻」，我曾經交往的對象因被母親排拒門外，最後與男方形成了陌路。

碩一時，交往的他住在外縣市，聽不懂台語，從事朝九晚九忙碌的電子業，母親不大贊成，拿出一疊記著家鄉本地適婚男子的相親資料，絮叨地說起冊子裡男士們的年紀、特長、工作、收入，我錯覺踏進了房屋買賣公司，聽仲介詳述屋子幾房幾廳、優點、黃金地段及屋齡。我求助外婆，外婆要我帶人回鄉給她老人家瞧瞧。

他是理工科直男，喜孜孜地將探望我外婆一事，認為是已經獲得家中輩分最高者的認同，我則忐忑外婆會倒戈至母親那邊陣營。

那天早上我倆回老家大洲村走走，外婆看了一眼，帶我們到「藥王谷」拔菜葉，取下在竿架上陰晾的蘿蔔乾，用台語問他菜脯炒蛋、蒜炒番薯葉、醃製豆乳合不合胃口？聽不懂台語的他一逕地傻笑。透過我的翻譯，他遵照外婆囑咐，去藥王谷看顧藥材，時間到便會喚他進屋。

老家後院右側斜坡是菜園，有些植栽可當藥引，如九層塔、左手香、薑，斜坡上有片空地專曬藥材。這兩處被我戲稱為藥王谷，全家受我影響，也如此稱呼。

我在廚房忙了近兩小時，出來喚人吃飯，才知他快曬成一稈稻草人，手腳留了一排蚊子唇印，原來他聽不懂外婆用台語喊著「入來呷飯」。飯畢，外婆請他伸出手腕要「節脈」，他猛說謝謝，並且把台語「節脈」二字聽成「讚美」。我納悶外婆何時學會了外公生前的把脈技巧？外婆摸摸他的腕穴及手掌，點頭說好、好，稱讚他老實憨厚，他開心地笑，猛抓小腿、手臂上的蚊子包，外婆嘩嘩地說了長串台語，我才知看顧藥材及菜園前，外婆熬了一盆艾草水要他塗抹全身，可防蚊蟲叮咬，他憨憨地站在菜園邊，那盆水紋風未動。外婆看著他身上腫起的紅點，喲唷地叫著，教他拿紗布沾些艾草水塗抹蚊子叮咬處，可止癢。

我問他「罰站」的那幾個小時無聊嗎？他說恰巧與人用手機討論新編寫的電子

程式，忙得很，只有野狗狺吠時，得小心躲到菜叢後方躲避。

後來父母帶我回鄉，在灶房幫忙時，外婆談起我也到了適婚年齡，該考慮婚事，母親未鬆口贊成。外婆分派等會兒料理的食材時，拿起母親挑的菜葉說：「你揀菜著好，莫揀別項物件啦，到時揀啊揀，揀著一个賣龍眼。」接著談起那天天熱，他在外頭曝曬幾個小時也不喊累。

隔年，外婆仙去，之後，母親仍不放棄介紹相親對象。我託姊弟出面說情，不斷強調他是外婆生前認可的，通過了藥王谷的考驗。隔了好幾個月，母親要我帶他回家坐坐。

前年我開刀，他請假在醫院陪伴一週，幫忙拿便盆、倒尿袋，累了就躺在醫院窄小躺椅上，忍受醫院不時擾人的蚊子，護士拿來的止癢藥竟有熟悉的艾草味，我與他聊起了當年外婆喚他看顧藥材、菜園的往事。

我們商量，也該來尋一片有蚊蟲貓狗出沒的野草地測試未來女婿，我想再附加一項條件：測試時，對方手機得先關機才行。

輯二

由白紗換成家居服

植牙記事

我右下第一大臼齒懸缺近二十年，抽屜中保留的牙根遺骸，提醒曾經的殘破——蠟黃齒面坑洞點點，洞緣漬滿鏽斑及深褐血跡，彷彿仍嗅聞得到剛拔下時帶血的腐腥，與刀械鑽挖的刺耳聲。三支尖長牙根斷裂其一，餘二也被菌斑蝕得歪斜。牙，適合定居牙床與咬嚙，遷徙則是萬不得已了。

那顆缺席的臼齒，讓前後位的鄰牙直接暴露，且往空缺處傾倒，沒有遮掩，牙若有靈，必定狐疑那個慣習的靠山到底去哪裡了？這些鄰牙們花了數十年緩步挪移，歪斜了四十度，牙床因此動搖。當我察覺有異，已得步上植牙之路了。第一大臼齒以昂貴身價宣告回歸，以不在，強調自己存在的重要。

我的牙床不夠穩固，得先切開牙齦添補骨粉，待牙骨增加密度厚度，再精準鑽洞，植入鈦合金人工牙根。因體質敏感，外來物和我的齒槽骨不易密合，腫脹兩週，發炎、化膿，必須以雷射滅菌止血，等植體種好，與牙床密合過程，又得再歷經腫疼、臉頰變形。牙的堅硬，常讓我遺忘它的弱，一丁點糖、半塊冰，就能測試牙齒的敏感。醫生安慰我，可以經由反覆練習減輕敏感不適，但每次疼痛對我而言都是初體驗，深刻難忘。

以為植牙的病況可以漸入佳境，一年多來，卻陸續出現膿、腫、植體動搖，醫生納悶，我與外物的融合歷程怎麼如此久？建議我多運動，補充鈣質，禁食甜品以防感染。我自此不曾任糖果、巧克力在口中緩緩消融。戒糖的那段日子，最想念的就是甜味。

半年前，我的牙床不固，植體鬆動更加嚴重，傷口反覆感染，醫生說，最下策，是將植體拆除，修復好牙骨，但為了不至於前功盡棄，希望我耐心回診，打針吃藥也許就有療效。

醫生一再強調，有些人的體質難以接受外來物，為了轉移我對痛的注意力，醫生打趣說，戀人、配偶，也是外來物，有人融合無間，有人難以適應。我聯想到和先生當初交往時的兩地相隔，對方有意成家、而我考慮繼續進修，結婚加上工作繁忙，會中斷我的學術路吧？溝通好久，我體認到兩人結伴走比論文學術來得重要。婚後，我盡力適應兩家族不同的生活習慣，彼此努力地想融入對方家庭，感情卻時而腫痛、發炎。

「你的骨密度厚度先天較薄，但九成的人，植牙是成功的。等植體和牙床骨密合，就可以吃糖了。」醫生為我打氣。在旁陪診的先生說，等牙好了，一起去買我愛的草莓塔、芋泥蛋糕、巧克力……。想像植牙成功後，我咬著八十五％黑巧克力，咔滋脆質，含著溶軟可可，甜酸微苦緩緩入喉，能吃甜食，連幻想都有滋味。

那也不是想像，只是一個走得遠了些的影子——小學的我揹書包下課，沿著水稻田埂步行，在雜貨店前佇足，掏出五角錢，買幾顆糖，再走著長長的、甜甜的黃昏回家。

當時，完全不碰苦與澀，不識茶葉與咖啡，牙面是光潔的，沒有一點鏽斑。

守宮

先生求婚時，我猶豫了一陣子，和父母較疏離的我能經營好一個家嗎？先生樂觀地說，只要兩人合心協力，如同奶茶與珍珠仔細搖勻，便是人人稱羨的國民飲料。為了安我的心，他帶我到爬蟲店挑選一隻豹紋守宮送我。

牠全身約手掌長，上有淺棕、琥珀色橫線間雜，頭部中央一圈白膚，粉色腹部薄得近乎透明，頭頂有雙大而凸、且有眼瞼覆蓋的眼睛，兩眼間散布銀青斑點，瞳孔晶亮地直盯某處；眼球表面有層薄膜，彷彿戴著隱形眼鏡。牠和我小時看過的膚色壁虎迥異。我好奇撫摸，微涼的背部有顆顆凸起疣狀物，像斯伯丁籃球表面的外凸圓粒；細薄指爪搭上我的手掌，沒有蹼的牠，沒有辦法攀爬光滑牆面。

牠待在長扁形塑膠盒中，盒底鋪滿模擬野外生長環境的棕紅色赤玉土，土粒前方有一小水碟，牠不疾不徐地爬到碟緣，伸舌舔水，伏在土上，肚子微脹微縮。

原本想念獸醫系的先生，是一本行走的動物百科全書，他如數家珍地介紹守宮是代表安穩守家，俗稱壁虎，諧音「庇護、必福」，此禮物代表他守護家的心意。

我們三個，一起搬入了新房。新房在市區往快速道路的巷內，婆家在隔壁巷弄，腳程只需兩分鐘。

守宮飼養盒置於書房。牠是變溫動物，我得在盒外鋪一長條保溫帶，讓守宮在溫、涼二區間自行找尋適合的溫度。工作告一段落，我會蹲坐在地，探望盒中的牠，牠常睜眼這望那瞧，四隻薄爪踮在土粒上靜止不動，定格畫面有時持續兩、三個小時，彷彿牠的靜默比靜默更久。

先生工作繁忙，常加班到晚上九點，家中多半只有我獨處，餵食工作便落在我身上。守宮是夜行性動物，傍晚時，牠已蓄好電池這走那爬，正是餵食良機。牠每隔兩天進食一次，我由最初尖叫著用鑷子夾取牠的食物——蟋蟀，到一個月後，可以徒手撈蟲。守宮晶亮的棕色眼珠聚焦在夾子上活蹦亂跳的蟋蟀，昂起與身軀等長的尾巴左右顫動，接著「喀滋」一聲，從容啄食。

餵食守宮，是我下班後疲累身體抒壓的出口，但我常得匆忙地夾起蟋蟀，朝牠口中猛塞，再急忙地應夫家之邀過去吃飯。同事欣羨我不用洗手做羹湯，出門前，我望向守宮，內心有外人不知的心事；牠總以凝視回覆，一副牠懂得的樣子。

婆婆的廚藝媲美總鋪師，她融合「重鹽色深」的徽菜，及「長時間煨燉燜熬」的浙菜，重現江南奢華美饌；爐上永遠有一只深鍋，用老而不腥的金華火腿及雞架豬骨熬的高湯，尋常便飯至少也是八大盤菜色，每餐必花三小時以上烹煮。她親自示範料理步驟，說多看多學自然就會。薑絲蔥段肉丁蘿蔔塊，刀工不同，我學習好久，仍不諳其中竅門；冷盤涼筍的沙拉醬擠法細如絲線，不可有毫釐之差；我拿刀揮鏟，使出在娘家人人誇口的絕活料理——糖醋排骨，結果只是在總鋪師前耍大刀，這才知夫家幾乎每月一宴，身為富貴之家的婆婆，賓客來訪時大宴小酌她是易如反掌，卻苦了來自鄉下、只會料理簡單菜色的我。

回家後，已無精神準備翌日工作。我常對飼養盒發呆，心想，如果人類的飲食如守宮般簡單，不知可省下多少時間？有時，我會對著守宮唸誦婆家祖傳料理筆記——冷盤烤麩要先炸後滷，紅燒鯽魚用青蔥、鎮江醋及醬油文火烹燒……守宮則狀似無聊地盯著我。

到婆家兩分鐘的路程，我常走成十分鐘，我總邊走邊思索要帶什麼料理過去？總不好意思每週都是吃霸王餐吧？娘家母親傳授的食譜絕學，有哪招是一出手便能震懾眾人？有次我極有自信地端出黃魚燒豆腐，婆婆看了一眼說，外觀七分像，但豆腐上色不深，顯然不夠入味，得重新文火烹調。

回家後和先生提議，結婚如同兩人合夥開公司，合力不讓公司倒閉，我們應該讓這公司的內部成員填寫「意見與心情回饋表」。表單是一份真實無欺的情感交流。

先生極不同意這種「逆媳」思考，情商不高的我由勸、改成爭執，再進階到冷戰，守宮常從盒裡靜靜地望著我們。新房白天是空無一人的冷清，晚上夫妻倆都在，但也冷，全新家具籠罩在彼此觀念的協調中。我說話口氣較差，修養不錯的先生常被我激得臉上如冷凍庫裡的霜，我想，他約莫想把我凍到冰箱中冷靜一下。尚屬蜜月期的我們，磨合成了磨擦，相處的渣滓愈來愈多，愛情已沒那麼純粹。

生活壓力也讓我求子之路不順，時而會負面思考，與先生討論想留職停薪、回娘家休養身體時，發現多艱的求子路竟然照進了光，我的腹中有個悄悄降臨的生命了。婚姻生活像離了弦的箭，只能前行。我常傾訴心事的對象是一隻不會人語的爬蟲，我告訴守宮，家中要添加第四位成員了，牠日日聽我誦讀食譜、旁聽我和先生爭執，聆聽我即將為人母的喜懼與對生活的諸多想法，陪我聽抒壓的韋瓦第《四季》。結婚半年多，我好似歷經春夏秋冬。

只有週末，與先生帶著守宮前往大龍峒附近的爬蟲店採買蟋蟀，請老闆檢查守宮身體狀況，再沿著民族西路轉中山北路二段到馬偕醫院產檢，兩人牽手走，才為彼此冷凝氣氛注入點溫度。我問老闆，為何守宮原本兩天可以吃四隻蟋蟀，最近食量卻減半？老闆說，夜行性的豹紋守宮需要暗靜之地，白天幾乎會伏在盒內較為陰暗處，牠雖是冷血變溫動物，但體溫不是冷的，是藉由外界冷熱來回調節，維持自己能適應的溫度，食欲不佳，是牠還需要一段時間適應新環境。

「你也還沒適應我家呀。」

我白了先生一眼，微怒他怎麼剛好就提起這一壺？但轉念一想，我自己也倔，世上除了先生，約莫沒人能忍受得了我的牛脾氣，況且好不容易出來散心，天光多美，別壞了心情，於是眉頭又開了些。

提著飼養盒、鈣粉和蟋蟀，我們往東穿越承德路再一路向南走。為了讓情感加溫，我們走著婚前一同挑選婚紗的街道。坐落於民權東路與中山北路二段轉角的英式建築，櫥窗展示緞面布料、皇冠頭飾，仿黛安娜王妃的高雅王室風，那是我差點付了訂金的西敏手工婚紗。往前幾百公尺，是先生喜歡的前衛時尚風格、標榜量身訂做婚紗的林莉工作坊；接著佇足在曾為許多名人拍攝照片的青樺攝影前，我們曾約定結婚週年要來此合影。我飼養的守宮原本在休息，許是到了傍晚，店家夢幻燈光一照，守宮在盒裡急走，狀似興奮；牠的喜悅也感染了我，婚紗櫥窗裡蕾絲雪紡紗裙上縫繡奢華亮片，暫時讓我忘了平日的不快，告訴自己未來日子也能純白如童話。最後到了馬偕醫院，超音波中的生命，總能讓我暫忘生活渣滓。

這一路頗遠，我和先生靜靜地攜手走著，平靜，得在平常裡汲取，這是我婚後的初悟。街燈亮起時，燈光隱身在馬路兩側的青綠樟樹與槭樹後，讓我誤以為是浪漫月光，守宮是這一刻恬靜的見證者。但，回到家，瑣事壓力與爭執一來，共同走的路再度岔開。我想起先生「珍珠奶茶求婚詞」，殊不知茶葉多寡、放置時間與糖的分量，都會影響飲料的甜澀。

有天，在馬偕醫院附近挑選孕婦用品，店員逗弄著守宮，我試穿孕婦裝，沉浸在即將為人母的喜悅中，忽然婆婆來電，我忘記要回婆家學習她的祖傳牛肉麵了。這道菜，我已煮了四、五次，先用牛大骨熬湯，再用蔥薑蒜爆炒牛肉，倒入液態與膏狀兩種醬油，加入大量牛番茄、紅蘿蔔帶出肉湯的鮮甜，放入的滷包，一有味道飄出隨即撈起，以免提味的中藥搶了肉味，我每個細節都顧到了，但味道總差那麼一毫。

匆匆回家後，飼養盒一放，快速趕到婆家，我的忘性及遲到，破壞了全家的用餐氣氛。回自家後，沮喪與疲累，讓我和先生都懶得開口。我正要夾蟲餵食守宮，驚覺守宮不見了。想來，我太相信沒有蹼的牠無法爬出盒外，因而忘了闔上蓋子，忽略了那鋪在光滑盒壁上的毛巾，這讓守宮有了攀爬的支撐點。

我慌張地正想喚先生一起找尋，他驚呼一聲，從桌角旁拿出黏性極強的蟑螂屋，黏膠紙板上黏住的，正是我以為消失的守宮。牠瞪大眼，驚恐地喘氣，肚子一鼓一縮。

緊急打電話詢問爬蟲店，老闆要我們先在守宮身上倒層沙拉油，油可以稀釋膠的黏性，倘若膠板黏性太強，守宮也許有性命之憂。此際，心中對婚姻生活積累的負面情緒彷彿變輕了，我們共同苦思解救良方，我用棉花棒沾油，輕拭守宮因沾上黏膠而無法張開的嘴，牠的大眼望著我，祈憐哀求，腹肚因貼在紙板上，明顯地起伏。

第二天上班前，我在牠身上擦水保濕，下班後，帶著牠搭計程車急衝爬蟲店。老闆用剪刀修剪膠板，板子只留下守宮四肢、尾巴與下腹黏著的部分，再用鐵尺輕柔劃起牠身下的黏液，從尾巴處倒入嬰兒油，正要用棉花棒慢慢撩起四肢，牠的爪子及腹部太細嫩，些微皮膚竟黏在膠板上。這天守宮靜靜地伏著，狀似妥協，我輕撫牠的頭，透過我的掌心給牠溫暖。

隔天，我遵照老闆叮囑，打開蓋子，讓黏膠揮發、變淡，並持續在守宮身上倒油，輕剝牠四爪及尾巴上的膠液。第四天，牠的前肢靠著油的潤滑，已可離開膠板，但仍不能行動自如。

接下來的上班日，我焦灼地輔導班上特殊學生的情緒、為愛子心切的家長說明升學問題，在上課、閱卷、批改作業之間奔忙，下班後得兼顧家庭，加上幫守宮剝除黏膠，繃弦般的心情終於戛然而斷。我和先生隱然怪罪對方未照顧好守宮，只是都未明說，我本來想提彼此帶來的壓力和束縛，但思及腹中胎兒、結婚誓言……，曾經嚮往的婚姻已變得讓我迷惘。

和先生冷戰多日，冷淡地商量是否為守宮另覓飼主，及討論如何剝除守宮身上的黏膠。我隱約察覺往昔彼此的忍讓包容及某些無以名狀的感情，似乎剝落了一些。一週後，守宮只剩尾巴末端還有點黏膠，氣力耗盡的牠，四肢指爪靜靜地定在膠板上。

我們將守宮託付給爬蟲店老闆，請他幫忙物色新飼主，象徵庇護的守宮竟受此重傷，我總愧疚。送走牠的那天，心空蕩懸浮，只能胡亂摺疊剛買的嬰兒紗布衣打發時間。

週末，我和先生到店裡探望守宮，牠仍記得我，臉摩娑著我的手掌，重溫彼此共享的親暱。之後我因孕吐嚴重，無暇探望牠，有段時間在醫院安胎。有天，爬蟲店老闆來電通知已有新飼主，且守宮已脫完皮，體型變大，肌膚色澤與之前稍有不同。我拜託老闆保存守宮褪下的皮，出院後過去拿，老闆說：「皮怎麼可能留下？守宮會吃舊皮啊。」

出院那天，我換上孕婦裝，瞥見鏡中微腫的自己，才多久時間，身形已略顯陌生。我輕撫下腹，細微胎動從拇指顫過掌心；肚皮反過來觸摸我的手，我讓肚皮摸著，時快時緩，彷彿一筆一劃，在我的掌心描繪孩子未來的模樣。

（本文獲第四十屆時報文學獎散文組佳作）

量身

母親得知不易受孕的我懷了第一胎，特地北上探望，買了幾套孕婦裝給我。

從小我多半是穿姊姊舊衣，但每逢季節轉換，母親會帶我到隔壁裁縫師美慧姨家做一、兩件新衣，以裙、衫、褲、袍，慎重迎接季節寒暖。我納悶何買不成衣？便宜好穿。「訂做才合身。」母親一面回答，一面試穿她訂做的各式衫、裙，收腰抬胸、揚起下巴。肩、領繡有滾邊的硬挺襯衫、及膝裙，襯托母親的幹練俐落，她堅持上班的衣著也該有自己的線條，要合身，更要合乎精神形態。

美慧姨家從來不鎖，網狀紗門上掛著「修改衣服」字樣的木板。我在外頭喊聲姨，便可脫鞋自由出入。美慧姨長年穿針縫線，才中年，卻已嚴重老花，她將眼鏡垂到鼻尖，眼球往緊蹙眉間一瞧是我，問聲「來做衫？」縫紉機踩踏的嘎聲漸歇，熟練地拿出機台右方工作桌上的布尺。

美慧姨的布尺在我身上圍繞、比劃，指揮舉手、轉身、脖子抬高，陸續在本子上記著我身形各部位的數字。多年來，她記錄了我的成長歷程。

母親量身前會先挑選衣色、布料，她習慣選擇深藍、墨綠等沉穩、疏離的冷色調。疏離也許是她本性，但沉穩，則是她刻意遮掩心情的起伏。母親排行最末，有六位兄姊，日治時期，家裡以種稻、開藥鋪營生，經濟不富加上外公重男輕女，母親經常穿著已經轉了六輪的舊衣。每次憶往，她難掩不平。我想像母親穿著不合身的舊衣，衣上堆疊著他人的生活與氣味。她常說，若經濟許可，不要把別人的版型套在自己身上，做衣服是犒賞，是表現獨特。「做自己」是母親的實踐，她在時空的這頭，與童年應答。

母親個子矮，體型削薄，腰部略圓，不大好挑成衣，訂做衣服可以修飾身材。她眼神犀利，嘴角兩側下垂的法令紋把剛毅描得深，讓她不如外表看起來那麼嬌小。我聽到美慧姨和母親討論削肩、垂胸、小腹管財富……，在只知道胖瘦高矮的幼學之年，這些詞彙超出我的理解。我無聊地擺弄一旁的假人模特兒，翻閱工作檯上的老舊服裝雜誌。

十坪低矮小屋，右牆立著穿衣鏡，左牆掛滿西裝、套裝、衣褲。入眼除了衣布，仍是衣布。木色塑膠地板被一落落裝滿衣物的袋子隔成區塊，那是時間的布置：那區的衣服一個月後再拿，這一區近期取件，地上散落許多條狀、片塊布料，空間隱約散發潮黴、皂粉味。我常聽到屋裡傳來嘎嘎縫紉機、喀嚓刀剪聲、熨斗滑過衣面的嗤響，這些聲音，映著布料的花色。

量身過程，身形優劣無所遁形，平胸削肩的母親，雙肩窄於臀部，肩線斜滑單薄，長捲髮讓頭顯得略大。「恁查某囡仔的肩胛頭，遺傳到你。」美慧姨一面瞄我，一面向母親解釋會在她的衣內加上墊肩，或肩領縫上滾邊，增加肩膀厚寬；母親會提出想法，以墊肩大小、荷葉皺摺，修飾自己頭大身小的缺點。

美慧姨的布尺在母親的背寬、腰圍、臀圍間遊走時，說母親背肉僵硬，骨盆窄且略歪、上腹微凸，勸母親不要太操勞。「盆跤骨狹个人，生囝仔聽講卡艱苦。」美慧姨尋常問話，卻是母親生命中的大事。母親肩負夫家重男丁的生子壓力，她常為自己打氣：「圓人會扁，扁人會圓。」窮富輪流交替，各有其時。小裁縫屋裡，兩個女人由健康、傳宗接代談到婆媳、家庭、育子艱辛、金錢。母親抱怨命不好，求子不順又不帶財；美慧姨抱怨命苦，裁縫賺不了大錢，但「想欲有貴人命，先穿貴人衫」，美慧姨認為命不好的身形，可由訂做衣服改善，就像化妝可以改運，衣物有貴氣，自然有喜事。一個人的骨架子，不該是一生的樣子。我在一旁聽著想著，布尺，帶出兩個女人的心事與命運，量了她們的故事。

父親家族口中也有把無形的布尺，令母親身心頻出狀況。母親的勞碌，多半來自婆家壓力。排行第七的父親有十五位手足，是家裡唯一的大學生；母親在娘家，凡事有兄嫂擔當，嫁入夫家時，總被她婆婆、妯娌批評譏諷嬌貴。婆家認為念護校的母親高攀，諷刺母親「頭較大身」，頭身比例不對，不會處理事情，挑剔母親的身高：「查埔人矮，一个人矮；查某人矮，歸家口矮。」母親常抱怨父親讓她一人面對婆家瑣事，家不是避風港，是拖人滅頂的泥淖，她才是自己的避風港。

每逢年前，母親忙著準備牲醴，我勤跑美慧姨家，拿樣衣給母親試身，尺寸不合或繡工有瑕疵，母親會請求拆線，重新修樣。回家祭祖，母親穿著當季訂做的冬衣，挺身、貴氣，反擊議論她身矮識低的人。新衣，彷彿成了保護尊嚴的盔甲。

為了修飾肩形，讓自己命順福厚，母親特地用小高領、立領、墊肩修飾薄肩。有次過年，她身穿藏青絲絨的及膝連身裙，立領，裙身繡有同色系玫瑰花瓣，配上大翻領、雙排釦、長度及臀的深灰大衣。隆重祭祖，伯叔姑嬸們仍穿家常的棉襖粗褲，腳拖木屐，親戚們耳語母親穿著隆重，怎麼做家事？我想，母親是否刻意突顯自己的隆重與突兀？她的突兀，也要拉我作陪，我與親戚小孩們的居家棉衣穿著迥異，常是毛呢連身短裙，著長筒黑襪、黑皮鞋，淑女的衣裝，令同齡玩伴因此疏離我。

母親每季會幫我訂做一、兩件洋裝，她不喜歡女孩子著褲裝，我的衣櫃，裙子之外，還是裙子。青春期時，與同學逛街，穿搭、流行、配件，我一概不知，為了拉近與同學的遠距，我私下拜託美慧姨，將制服改成當時流行的緊身ＡＢ褲，褲子窄得我呼吸窒礙，但腳下的路則寬多了。美慧姨將寬大制服上衣修出腰線，突顯身材，不失學生味又有流行感。我也模仿帥氣歌手潘美辰，穿著牛仔褲，瀏海吹成半屏山。

母親生氣地丟棄了我所有不入她眼的衣飾，帶我到美慧姨家訂做衣服。母親拿著我的身形數字，在我身上套著「端莊」的裙裝，我常抗拒不從，裁縫間彷彿是微戰場。美慧姨試著化解緊張，說摸到我的手嫩掌厚，有福氣相，母親冷冷地回：「我攏共伊做好好，伊當然好命。」美慧姨不敢答腔，拿起針，抓取皺摺紋路。母親的話，也是針。

面對穿衣鏡，母女倆身形相似。小時母親談到薄肩命勞時，我告訴自己一定要孝順；曾幾何時，竟厭煩她的叨唸。我刻意走到她個性的對立面，她則極力把我拉回原本軌道。布料樣式、顏色、大小、剪裁，由她決定，打版時，我看見寫著我身形數字的樣版被裁切成片，再縫起。

母親對我未來的對象也再三斟酌衡量，我選的人，她都能挑出缺點，她找了許多相親對象——收入穩定、不是獨子、公婆明理、離娘家近，不要我步上她的後塵，強硬地帶我到美慧姨家量製相親時的套裝——深藍長袖襯衫、同色及膝窄裙，肩線抓出皺摺，遮掩我同她削肩的勞碌相，腰間綁條寬帶，圓化我們同樣的薄身塌臀。布尺在我身上比劃，母親坐在矮凳上用眼測度。我瞪視穿衣鏡內的母親，氣她妄自丈量我的未來，她總是諷刺我沒眼光，訂做了不合身的感情，鏡子裡的影像，是五官身形相似的我們針鋒相對。

我不太情願地去了相親，對方是小兒科醫生，著一身黑色西服，五官被黑框眼鏡遮住大半，面容模糊。母親詳述她滿意的女婿圖——耳長命長、鼻厚財旺；肩平背厚、能擔重任；胸寬腰直、穩重寬容。那醫生待我如求診病患般溫厚，我無聊地盯著自己袖口的鈕釦。我們的對話，正式客氣有禮，是西服與套裝的約會。

我瞞著母親和外省家庭的他交往，結果外婆走漏了風聲，母親極不高興，見面時有意刁難他，全程用他聽不太懂的台語交談，他卻點頭憨笑，誤認母親只是不好意思。父親勸說，女兒大了，總要嫁人，請了算命師四舅合過八字命盤，結果是大吉，最後母親只得不情願地讓步。

本省習俗，訂婚時，丈母娘必須準備「回盛」禮品，答謝男方聘禮。母親為他準備一套西服、領帶，那時美慧姨嚴重老花，腰常痠疼，於是母親北上，指定要去台北西門町武昌街的西服店挑選。「怎麼不去迪化街？」我問，沿路走來，西門町的西服只有寥寥幾家。母親提及年輕時曾在馬偕醫院當護士，認識大學畢業的父親，兩人常在當時繁榮的中華商場閒逛。那時武昌街又叫西裝街，全盛期有近七十家西服店，旗袍店也是一片榮景。父母親夢想結婚時，能訂做西裝、旗袍，但因為不富裕，結婚當天，只穿尋常衣物。

我們進入街尾一家寬大明亮的西服店，襯衫、西褲、外套、領帶分區擺放，拋光地磚透晶潔白，三面牆壁貼著落地明鏡。老師傅為他量胸背腹圍、手肘彎曲測度袖長，試穿樣衣，看衣身有無起皺。我擔心母親又要語出身形命格那一套說法，但那天，母親只是點頭、搖頭。

接著，母親帶我訂做旗袍，她為我挑選深藍緞面布料及繡工精緻的盤釦，量測過程較一般衣服繁瑣，師傅說我坐姿不良，椎間盤略彎凸出，且歪向右側。母親說，怎麼才幾年沒幫我做衣服，都沒發現我的毛病。

嫁到台北後，姊姊在外地工作，為排遣寂寞，母親學習花藝包裝，依花束長短，選擇搭配的紙張材質、顏色，自行設計包裝樣式。當我被宣判不易受孕，接受治療，幾個月後，腹內竟然有了家庭新成員，我每個月是多麼喜孜孜地回診檢查，但胎兒頭腰腹圍的生長進度始終是發展遲緩。母親北上，送我自包的花束、買了多套孕婦裝送我，她打開櫃子正要掛上，看到許多嶄新衣裙，不似我平時的穿搭風格，才知是夫家長輩買來的。母親的表情明瞭，我和為人媳的她一樣，由另一個家庭在看著。

母親一面安慰：「囝仔大漢个尺寸參考就好，媽媽健康，小孩就欲健康。」一面將孕婦裝掛好，我看到她的手指因學習花藝被莖刺傷，有線形及鋸齒狀淺痕；沒多久，她又忙著將花插在瓶中。我知道母親正傳達著很軟很軟的語言。

（本文獲二〇一九年台中文學獎散文組第二名）

戒指神

自小，母親對我的教育是「硬」派，鋼鐵教育，當長住外婆家的我要返回父母家時，驚覺「與家人溫馨團聚」是自己離家時過度美化的想像。久別重逢的歡樂，只有回到自家的頭幾天。

我排行次女，在家中地位不是二，而是個開根號的「二」。我在鄉下住了三年，父母與姊姊已有心領神會的語言與默契，如果要將全家人比成煮好的豆漿，我就像沒有過濾乾淨、剩下的豆滓，看及吃都渣口。父母要我戒掉在外婆家餓了、隨時可打開五斗櫃翻找零食的劣習，自家只有正餐，糖果泡麵一概不許；吃飯時不能高聲聊天，女孩子要端莊。

睡覺時，姊姊睡在父母中間，三人共用一床紅花被，天冷，他們常在被中彼此拉扯；我因睡相不好，常翻身打呼，床位安排在床板最裡側。母親擔心我著涼，常拿一條印上小甜甜卡通圖案的被單裹住我的肚子，再圍繞兩圈。我多想與他們共擠一床被窩，出於羨慕嫉妒，我用「他們」或「你們」來區分國度。

鄰居見到我家四口出門，總滿臉疑惑地盯著陌生的我瞧，好奇我這個「新成員」，姊姊大方地打招呼，我則躲在父母身後縮頭縮腦。鄰居打量的目光，讓我更怕生。

姊姊愛笑、樂觀，我愛哭、敏感。學美術的鄰居叔叔說，姊姊是向光植物，她齊耳短髮微鬈俏麗，會說話的大眼常調皮地眨著，成績頂尖，嘴甜得親戚鄰居恨不得有女如此。她常穿吊帶褲當孩子王，把竹掃帚當成麥克風，模倣豬哥亮歌廳秀，或縮頸以鼻音唱著高凌風的〈燃燒吧！火鳥〉；我是家中的影子，安靜沉悶，見人就躲，問答常語塞，永遠掛著鼻涕眼淚。我抗拒剪髮，髮長及肩，瀏海齊眉，不言不笑的表情和姊姊站在一起，加倍地灰鬱。光很少落在我身上。

回到自己家，我反而寂寞。在外婆家，成天看大人植稻種蔥、曬藥包藥，櫃檯前病患聊著家庭瑣事、鄰人八卦，我隨外婆看歌仔戲布袋戲；父母家，我遠離了市井瑣事，父親成天要我背誦《唐詩三百首》，強迫我進入古人世界，與歷史對談，電視播放的只有三台新聞。我進不去古人世界，融不入父母家的生活作息，想往外走走，哪有鄉下田野？父母家出門一轉都是十字路口，車來人往，鄰居大門緊閉，不似外婆家三合院，天黑才關閉門院。父母家的內外，都是限制。

為了融入家中氣氛，我漸漸學會安靜地觀察大人眼色，忽視內心渴望，對大人言（陽）聽（奉）計（陰）從（違）。我在右手中指綁上小紅繩許願：帶我離開這充滿異物感的家吧。那時著迷阿拉丁與神燈的故事，在右手指圈上紅線權充戒指，時不時擦亮它，祈禱神靈就會實現我的心願。

十年後，我離家北上念大學、研究所、結婚生子。小時候被迫離家、藉著求學再度離鄉，而今我與他要成立一個家了。驚覺一路走來，我都像是為了離家而準備著。「家」是一加一、是一半與另一半，站上婚姻關頭，我期待，又不知眼前卷軸一經攤開、會前往何處？

離開娘家，方知家的好。婚姻裡太多繁雜事，還來不及延續戀愛的單純美好，就得適應夫家生活，同樣地，「美滿幸福」是自己結婚時對婚姻過度美化的想像。先生極有耐性，爭吵時會理性分析利弊，但問題也是出自於太講求邏輯了，有時我只想發洩一下情緒，他則是花好長時間娓娓剖析道理、分析優劣，說事情如果按步驟、邏輯一一思考，就不會亂了方寸。能想像一台走著軌道的電聯車，速度、停靠車站，幾點抵達天天有固定班表，但有時我就想騎重機，催一下油門，想繞彎路走捷徑。加上婚前健康檢查我被診斷腹內有顆不小的肌瘤，輸卵管沾黏影響受孕，必須每月回診追蹤，那些不舒服的檢查，也讓我心情時有起伏。

我戴上真正的戒指了，但小時相信童話裡的戒指神沒有了靈性，祂聽不見我的禱告與祈望。每個月在婦產科診間，超音波照出的是失望。

從未將女人等同於生子機器，我是確定自己想有個孩子。和先生仔細做好理財規畫，等房貸壓力沒那麼大後，決定為家中添加新成員。有次探望好友剛出生的寶寶，抱起嬰兒的瞬間，小寶寶睜眼對我笑，手指停在我的左頸肌膚，那是電流通過的顫動，彷彿有了某種奇妙連結，那種肌膚觸動令人難忘，我便想，若和所愛之人生個孩子，悸動感更深吧？孩子會長得像誰呢？

只是沒料到求孕對他人如此容易的事，我卻難如登天，每次回診檢查拿藥，往往耗費半天，加上我和先生的工作不太方便頻繁請假，夫妻倆的相處，常因這些瑣事引起波折。有次我服用排卵藥，頭暈噁心口氣極差，和先生起了口角，我收拾行李回娘家，母親則努力勸和。婚前，母親保證娘家永遠是我的家，那天卻不斷勸我往後在夫家好好過日子。「家」始終都是移動狀態，而不似「家」這個字形，頂一個大屋頂，把誰與誰都仔細呵護了。

被母親趕回台北後，我想找人聊聊，每週聯絡的好友以忙為由，回絕我想找人諮商的請求，先生那兒，我又拉不下臉道歉，一人在路上漫無目的地開車。

我由羅斯福路開往中山南路，一路駛向中山北路三段婚紗街，店家已關門，只剩幾家櫥窗小燈耀亮模特兒身上白紗，等車窗傳來敲叩聲，警察臨檢，才知我已發愣了許久。警察歸還駕照，拿出儀器正要酒測，見我眼眶紅腫，叮嚀開車要小心，問道怎麼了？需不需要打電話叫人來接？或是他在後頭跟車送我回家？關心是來自陌生人，一個年輕的人民保母。

有時爭吵，蒙蔽了我對於「對」的定義吧？我的戒指沒有回應，或許有求必應的神靈，只活在電影中。

我嚮往回家、渴望娘家、結婚成家，忙著忙著，竟忘了自己當初描繪的家的模樣。什麼是家？一間有形的屋子？或是形而上心靈的歸屬？有時只需對方靜靜陪伴、包容扶持了解，在需要、孤單、難過開心時，對方都在，那對我而言，就是家了。

我依然相信神，但我得先當自己的守護神。車緩緩駛著，寂靜的夜，前方車流一閃一閃，彷彿我戒指上那顆小小的鑽石。

時光菓子

烘焙西點前，我會脫下婚戒，否則麵團、麵糊會勾住鑽戒，當奶油麵糊送入烤箱後，我固定會向母親打個電話，要宅配蛋糕給她。母親若無事，隔天會北上親自來取，因為她認為食物新鮮最好，果汁現榨營養才不會流失，糕點勿放三天，至於爆炒、紅燒、酥炸、熱湯等日常，現煮現吃，涼了風味頓減。「吃」這件事如果有其長相，那便是一個「快」字。快、快吃，慢了就不好吃，晚了，連聞香的機會都沒了。

小時候，有次母親拿了北部名店蛋糕給我嚐嚐，我必定如此信仰食物的保鮮期，才會懷疑母親說的，「這款老字號蜂蜜蛋糕，得在室溫靜待三天才會好吃。」這家糕點，是母親好友歷經北宜公路九彎十八拐才到得了宜蘭家裡，蛋糕都這般迫不及待了，我怎能讓它繼續等？我為口饞找到最佳理由，趁大人不備，偷挖幾匙，幻想它的美妙，不意竟乾澀扎口。不是海綿，是棉布裡含砂，只好連連喝水，對名店存疑。

兩天後，母親知覺甜點被我捷足先登，卻仍是如初次拆禮物般謹慎興奮。我先到廚房端幾杯水，心頭微皺，不忍看見母親失望。豈料包裝一開，蜜香陣陣飄來，原本烘烤成黃褐色的表層出現焦糖潤澤，在固態蛋糕頂層呈現膏體狀流淌，並結著顆顆結晶光珠。

我訝異它的轉變。蛋糕除了被我偷偷打開，只是靜靜待著，在層層的包裝中，把做為蛋糕的本分發揮得更靜。母親說，有些東西經過存放，內在浸漬的食材會更為融合，蛋糕出爐時水分流失泰半，安置三天，吸收了微量水分，蛋糕會漸漸回潤，糖與油融合得更深邃，以指腹按壓蛋糕體還能漸漸回彈。

那是食物仍不太豐足的年代，吃，都得講究快，不意收到了一份需要等待的禮物，全家珍惜地一次只含小片，細細咀嚼，品嚐綿密的化口性，也嚐了蜂蜜的四季。

我成家後上了烘焙課，這西點課讓我可以藉由秤食材重量、拌麵糊，不去想婚姻的瑣事及當時的工作壓力，蛋、奶、奶油、麵粉，香氣甜味，多麼療癒人心啊。

有次我還重溫了等待蛋糕熟成的時光。烘焙老師是烘焙界享譽盛名的妃娟老師，她手做理念是「不使用化學添加物」，那天她教授需要時間孵化的巧克力磅蛋糕，聽說烘烤完隔日或第三日，蛋糕體會回潤。老師嚴謹地戴上頭巾、著白圍裙、透明手套，將攪拌缸放置在不鏽鋼料理檯面上，優雅地翻拌麵糊，吊燈下，她仔細地詳解步驟，整間亮色磁磚鋪地的烘焙教室彷彿樣品屋，不染煙火塵埃。

這是常見的磅蛋糕，將各一磅的奶油、全蛋、麵粉及糖（老師有減糖）拌勻，便獲得各一磅重的四條蛋糕。初冬，烘焙教室卻吹著涼颼的冷氣，避免麵團攪拌時升溫過快，也防止切丁奶油融化，失去了打發油糖時、包覆空氣的膨鬆度。這是款烘焙過程快速、入口卻需要等待的甜點，出爐時，成品熱騰、香氣撲鼻。老師切小片讓學員們品嚐，軟中帶脆，介於酥餅與蛋糕之間，待脫模冷卻，老師再以保鮮膜密封，叮囑隔天或第三個晚上再食用，酥硬外殼吸收濕氣後會回軟，如果內部有另添酒香與甘甜果乾才會自然釋放，更見濃郁、濕潤。

有些事播種了，得放著，慢慢醞釀。這就是熟成。種子埋入土裡，等待發芽，時間植入蛋糕中，靜待熟成。它們多少類似。也許與另一人攜手共組婚姻也是如此，慢慢磨合，日子會愈過愈有味。

我帶回磅蛋糕，在外盒貼上「需等待三天」的註記。也許每個人都有搶快、偷吃的童年，烘焙高手也不例外。磅蛋糕不需要雨水與陽光，這一些，它早已儲存；蛋糕盒裡靜靜花開，並且結果。

我想像自己的婚姻，是否也像看著一株果樹，枝椏間，四季都掛上了。

迷路之味

學習烘焙的過程，我的舌頭有段時間忘了味道，就像我把名字給丟了。

婚後第三年，先生離開了原先的工作，猶豫著是否要出國進修，拓展視野累積實力。我考慮國外生活的經濟壓力及養育兩歲女兒的開銷，為了在異鄉有謀生能力，我向法國藍帶餐飲學校結業、具有烘焙乙丙級證照的陳郁芬老師學習麵包、糕點。我知道這是和先生攜手共度難關的時刻。

初次上課，老師嚴謹地看著我的手和長髮說：「教室裡不准塗指甲油、不可披頭散髮。」她強調烘焙首重衛生，身心乾淨，才能嚐出麵包天然的香氣。我將十指蔻丹洗淨，長髮藏進廚師帽裡。

我利用下班之餘到陳老師家上課，女兒只得勞煩公婆幫忙。

學習烘焙時，五感全部打開，與麵團共處三個月，我才體會缸內發出「啪啪」規律的節奏，表示麵團筋度可以拉至與肩同寬，產品才會牽絲綿柔；參酌當天空氣的溫濕度，學會判斷發酵時間及入爐烤溫。先生叮嚀我不要勉強，養好身體，花費省一點，一家三口仍可以過得不錯。

在烘焙教室，往往一待就是六個小時，乾淨衣服常沾滿麵粉、奶油、疲憊與幸福。我由原本想求得謀生技能，轉而喜歡烘焙手做的成就感，原物料加在一起，攪拌、烘烤，成品便在眼前，且有形有味。出爐前，嗅覺的感應始終先於視覺，醇濃香氣先散布四周，再至鼻尖、口內及喉胃；待計時器一響，出爐土司像峰峰山巒，表面側邊烤得橙黃，如金陽灑下。麵包熱氣吐在我的鼻尖、兩頰，心頭都熱了起來。

此時老師切片讓我們試吃，她說想當麵包師傅要是「虎鼻師」，且舌頭要靈，才能嚐出麥子品種、香氣濃淡，及麵包咀嚼時的彈性咬勁，也才能判斷發酵奶油比起人造奶油，少了油膩，多了清爽乳香。單純白土司，在我舌尖竟有了柔綿牽絲、如Q軟柔嫩的棉花糖口感，奶油蛋香濃郁不膩。

我每週到老師家練習兩次，回家研讀考烘焙證照的書籍，在家也時常練習打麵團、烘烤產品，陪女兒聊天、講繪本、準備隔日上班資料……生活步調相當緊湊，為了家的美好藍圖，給女兒更好的未來，我告訴自己，現在只是在下坡處，一切都會好轉。

證照考試將在報名的八個月後登場。也許我白天上班晚上上課太過繁忙，加上女兒那時體弱，經常進出醫院，職場上我又接了一個計畫案，烘焙課程進行約莫半年後，繁重壓力下，我得了重感冒，鼻塞、久咳拖了一個月還未痊癒，且誘發過敏性鼻炎。那陣子嚐任何食物都寡淡得近乎無味，平常澀苦的濃縮咖啡，我如飲開水；麻辣鍋加重花椒辣椒，才略感辛辣。

我慌忙求診，耳鼻喉科、腸胃科醫生安慰我，先把鼻子過敏治好，離家出走的嗅味覺就會回來。中醫師在我的鼻翼及下顎扎針，嚴禁吃刺激食物，作息要正常，但病情仍未有起色。

這段時間，焦慮無法幫女兒煮食，擔心自己調味失當，但好強的我又不想天天外食，只好硬著頭皮買半成品或調理包，回家汆燙個青菜，簡略地當成一餐。女兒有時抱怨我最近煮菜偷懶，我只能苦笑。

我的味覺一向靈敏，且篤信誰掌管了氣味，誰就主宰餐桌，待在廚房的我像是那一方天地的女王，如今我卻失去了主宰權，加上數月後證照考試即將登場，內心著實慌了。

嗅味覺出問題，我在餐桌上靜默了，我嚐到的不是味道，而是挫敗，從未想過一向自詡的靈敏嗅味覺竟悄悄離去，當女兒說，猜猜奶奶在今天的牛肉麵裡加了什麼調味？我喉中的牛肉竟像魚刺，鯁在喉間，只能藉由家人吐舌喝水的動作，揣想也許辣椒加太重；瞧見不喜中藥味的女兒皺鼻，猜測是否八角撒太多？我碗內的手工麵條看來彈牙，即使口中嚐來無味，仍盡量想像嘴裡咬著一條有嚼勁的橡皮筋，感受它的Q彈。夫家家宴時，我完全幫不上忙，覺得沒了味覺彷彿被廢了武功，仍會走路，但一招半式的功夫全無。覺得自己無用，加上女兒挑嘴，最後只好拜託婆家準備女兒的餐點，藉口自己最近忙，心知自己是深怕先生、女兒在調理包、微波食品的餵養下，身形日益削瘦，健康亮起紅燈。

那陣子吃飯，我只是做著吞嚥動作，套用幾十年來咀嚼及用餐的習慣。好友興奮地分享最近買的香水，我笑笑，隨聲附和，隔著玻璃，我揣想周遭人、物的味道，再偽裝迷濛聞嗅的神情，反正對方也看不出破綻。

也婉拒了許多飯局，擔心對方詢問味道如何。有次好友邀約用餐，我忐忑，餐點刻意選擇與對方相同的義大利麵，藉由對方的面部表情，猜測食物鹹淡。味覺走失的我胃口也變差，看著一道道濃湯、冷盤、麵食、甜點，只能假裝閉眼，嗅聞，嘉許廚師手藝精湛，憑記憶中的印象拼湊適當的說詞。

我連家人放屁也聞不太到，當他們大笑、快速逃逸，我才驚覺地掩鼻，心中湧現委屈，但也只能笑笑帶過。先生知道我情緒低落，體貼地盡量外帶餐點，減少我在家開伙的次數。

嗅味覺出了問題，我羞於啟齒，彷彿自己是殘障人士，只是未領殘障手冊。我仍按原本作息步調上下班，吃、睡，假裝沒有任何東西遠離我；反常的是，我得藉由吃重口味食物如臭豆腐、泡菜、大蒜麵包、榴槤，提醒自己嗅覺味覺仍在。

有次我鼓起勇氣向夫家娘家坦白了，他們大多患有過敏性鼻炎與鼻竇炎，竟淡然回答「正常啊」，說他們也常聞不出味道，當下，味覺失靈的我內心五味雜陳，我如此在意失味，旁人卻一笑置之，嗅味覺的離家出走對某些人而言，也許不是那般重要吧。

煮菜時，我已經無法由試吃判斷鹹淡，只能上網尋找食譜，專家標註調味料幾匙幾克的精確度讓我心安，用餐時，憑家人表情揣測這道菜討不討喜。

烘焙課我仍如常練習，老師要我們先拍打麵包，測試軟硬度，再切小塊試吃，由味蕾品嚐麵包的粗糙與細緻，修正發酵時間；製作術科常考題：菠蘿麵包時，由品嚐奶油皮的軟硬及甜淡，調整奶油的打發度及添加的糖量，此時我常自問，若味覺嗅覺回不來了，該怎麼辦？已經交了烘焙考試的報名費，出國計畫也即將按預訂行程進行，嗅與聞，將是我在異鄉賴以為生的工具。我不敢向烘焙老師坦承，擔心會被取消報名資格，只得戴上面具，仔細觀察同學們試吃時的反應。

秤料、攪拌、整型、發酵、入爐，這一道道的發條日日緊密地運作，卻在最後一關試吃時，螺絲釘卡住了。

我試不出味道，但仍能烤出考試要求的麵包大小及外形，只是觸及不到成品的內在。那種感覺極不舒服，彷彿花了許久時間對人掏心掏肺，只看到一張客氣有禮的面孔，卻觸不到內心。

有時會想，不要出國好了，全家待在國內，我一人也可以養活全家，何必要把日子過得如此緊繃呢？與先生多次討論，他認為年過而立出國進修，總好過四十歲時才被資遣的困境。看著先生為全家的未來用心地想著下一步，家，就是命運與共的地方，於是我咬著牙，告訴自己，也許陽光就在不遠處了。

病況拖了一個半月，有天早晨刷牙，我驚訝地察覺牙膏薄荷的涼味，莫非味覺悄悄回來了？離家出走的孩子又回家窩著了，嘴裡的泡沫等不及漱淨，我不可置信地衝進餐廳，向先生宣布「喜事」，接著撕片紅豆土司塞入口中，大口喝著柳丁汁與咖啡，桌上有罐巧克力豆，我猛抓一大把就往嘴裡塞，巧克力彷彿感受到我的悸動，在掌中融了一些，像液體，緩緩地在手中流動。

跑

有陣子工作與家庭兼顧不及，女兒多次高燒住院，想懷第二胎的我再度發現受孕困難，助孕針劑讓我經常性嘔吐，婚戒愈戴愈鬆，體重直線下墜，原本就分泌不足的甲狀腺，數值滑到史上新低，手腳皮膚龜裂，肌肉疼痛僵硬，除了增加甲狀腺藥劑量，我想是該運動了，開始和先生一起慢跑。幾年未運動，才跑一圈已吁喘連連，腳重達千鈞。身旁跑者一個個超越過我，隱約聽見小孩們遠去的笑鬧。曾經，我也有過那樣迅捷的跑姿。

小時我常在鄉下外婆家的曬穀場上奔馳，舅舅們在稻埕鋪上一層大帆布，稻穀堆成條條如山丘的形狀，每隔半小時用耙子翻動、攤平，我繞著稻埕一圈圈地跑，聽著耙子嚓咔的翻攪聲，我和稻子都被日頭曬得熱燙。偶爾跌倒，拍拍膝上米糠，又趿著木屐喀喇地奔跑。

高中時，體育課測驗三千公尺，剩最後兩圈，我臉色慘白，呼吸不順，癱坐在地。老師通融，過幾天再來補考，只要走完全程就算過關。當時我心想，被當也無所謂，體育成績不重要。補考當天，老師惱怒我的缺席，板著臉說，跑步是跨越自我的運動，要突破過去的速度和距離，過程中倘若跌倒，就要在原地爬起。他不欣賞沒有嘗試努力或補救，便放棄的人。

那天，我被逼著補考體育，對跑步更加排斥。大學和任教後，校慶必須參加大隊接力，我試著找回輕快雙腳，尋回兒時輕盈飛奔的暢快，但步伐總是沉，腳下踩的不是地，而是流沙，幾次跑完，還因熱、流汗，皮膚發癢潮紅，誘發蕁麻疹。

我羨慕先生對跑步及健身的狂熱，他經常跑完步又去重訓，上班時會在背包裡準備毛巾與運動衣褲，週末總是著排汗衫、運動褲，一雙螢光藍跑鞋。他說跑步瞬間，毛孔血管肌肉暢快放鬆，感受到腳跨出去的瞬間，體內脂肪正在燃燒帶來的輕盈。我捏著腰間三層肉，欣羨望著先生的健康體態和陽光笑容，他話題不離跑，是個心靈與腳都在奔馳的慢跑好手。

先生要我戴上里程紀錄器手環，他說剛開始彷彿是機器在熱身，血管、肌肉、毛孔會由常溫漸漸發熱，因為會累，偶爾掙扎著想放棄，當里程數由兩公里、三公里累進，熱能流竄時，汗直洩而下，大口喘氣，此刻會真正聆聽到呼與吸。紀錄器上數字的增加，就是超越自己的跨欄。

我試著拷貝先生教的口訣和動作，左腳先跨出，右腳再往前邁進，慢慢地啟動、加速，不斷重覆相同動作，里程數緩緩增加，七、八分鐘後我停下來，雙手摀著胸口心臟，口中用力吸吐，額際背上汗涔涔出，由於腳步沉重、肌肉緊繃及流汗造成皮膚紅癢，時常萌生放棄的念頭。我想到自己在練畫、學琴、感情經營，也是碰到挫折就想放棄，周遭親友搖旗打氣，鼓勵我堅持，但我總納悶人生不長，對沒興趣及不專精的事物，何必太過認真？

回診時，醫生會記錄我的飲食及運動，知曉我的情況，他叮囑，不喜歡跑步不要勉強，心情的沉重會更增加身體的重量，跑跑走走也很好，不要想著超越目標，只要單純享受動的感覺。人生不必事事都有個里程數。

我收起了計步手環。幾天後，在家附近公園，先生跑步，我壓腿、拉筋，活絡關節，舉步瞬間，我改換跨步的速度，先散步半圈，再緩緩地跑，左腳右腳交相跨出重覆的節奏，速度慢到我可以悠閒地看看周遭花草、鄰居遛狗，觀察外傭推著輪椅上的老人，嗅聞空氣中的味道，感受風吹過肌膚的涼意，享受全身的律動。

偶爾，當天心情起伏，心思雜亂地走、跑時，沉重與單調會將全身下拉直墜，此時我就坐在公園長椅上，觀一會兒景。榕樹下，一位老伯坐在紅磚砌成的座椅，椅旁放著金牌啤酒，他正用二胡拉著「小城故事多，充滿喜和樂……」，邊拉邊唱。老伯背後有座秋千，年輕男孩坐在其上彈著吉他，搖滾地唱著蕭敬騰野性旋律的〈王妃〉，二胡老伯仍自顧自地拉著小調，不受男孩嘶吼唱法的干擾。人人都有屬於自己的節奏。

休息夠了，先生便陪我慢慢地走，我思忖著身體健康，才能好好照顧女兒，老伯的歌聲在風中傳來：「請你的朋友一起來，小城來做客。」

輯三

聽著腹肚裡的海潮聲

瓶子裡的畢業歌

婚後，等房貸壓力輕了些，工作也上了軌道，我開始想，可以為家裡添個小成員了。但腹內住進一顆肌瘤使我懷孕多艱，長年喜喝冰飲的我，卵子略微早衰，我聽從醫囑開始吃補。每天早餐前的儀式是飲用雞精，然後洗好空瓶甩乾水珠，輕輕放在回收桶中。

我放得輕，空瓶依然傳來低低的哐噹聲，是一種低調、不敢張揚的清脆，回收桶內空瓶推擠堆疊，纍纍向外爬升，有股用數量營造出來的喧囂。不知道是不是因為這個家還沒有嬰兒啼哭，想假性地製造一些歡鬧呢？

我嚐遍各種口味與廠牌的雞精，幾乎可以撰寫每家品牌的業配文了，這些補品給我營養，也期待我仿效它們外形的模樣，滋補後是胸腰渾圓、小腹微凸，孕育出希望。飲用過程，得催眠自己學它的瓶身，裝進另一個生命。空瓶累積一段時日後，我會拿去大型回收場，清理室內，清掃生不出孩子的擔憂，隔天再重新由一瓶雞精，開啟每天、每個月量基礎體溫、補身的日常。

為了順利懷孕，我接收種種祕方：有民間口耳相傳的食補，如胡麻油苦茶油煎蛋；百年草藥祕方，用黃耆、黨參等藥材磨成粉空腹服用；有傳說中的湯劑，如黨參、川芎加入雞湯裡熬煮；也遍尋各縣市口碑甚好的中醫師，最後定期在離家近的文山區宏福中醫及新店黃貴松醫師那兒看診，宏福中醫的廖慧媛醫生耐心地在我腹部肚臍下方針灸，及以艾草灸來溫經通絡。食物或灸燻的氣味我尚可接受，但有些口服的藥粉湯劑黝黑如墨、有的暈黃如尿，對我而言，這些氣味大多不雅。憋氣吞下去，這不難的，我如此為自己打氣。這些藥方一次次經過我的身體，效果卻始終如水流去。後來我轉到私立中山醫院問診，李世明醫生和黃貴松醫生合併中西醫療，用科學根據說明雞精能增加賀爾蒙，勸我繼續多飲。

除了上述助孕食補外，心靈上的安慰則是藉助初一、十五到龍山寺拜註生娘娘、送子觀音，過年元宵時從寺廟高掛的花燈下來回走動，象徵「添丁（燈）」；強忍油腥，吞嚥整副煮熟的豬肚，祈求「換肚」……這些不孕療程，好像一學期接著一學期、漫漫無期的祈子課，內心祝禱順利獲得求子學分。

最初到不孕科門診報到時，會有一份資料，填寫姓名、身分證字號、年紀、家族史、健康履歷……，一如學生開學註冊時繳交的資料本，我的醫生是嚴格的老師，規定每天得量測基礎體溫、吃排卵藥、以保暖袋熱敷下腹、記錄何時回診照卵泡、何時抽血驗黃體素及賀爾蒙數值。這些檢查、治療成效不彰後，進階課程則是以針代藥。第一次自行打排卵針時，我的手抖得像篩糠，嘗試邊看電視邊打針轉移注意力，手及身體卻觳觫顫慄，改由先生下針，他拿著針劑也遲疑許久，最後只好請醫院寄送示範影片，我們再一步一步地練習。

針劑在我身上起了不小副作用，噁心、水腫、皮膚發癢……我的腹部表面常是孔洞點點，佐以瘀青，針扎在下腹時皮肉凹陷、不久又恢復圓凸，著實像人形版的針線包。為了轉移對疼痛的注意力，我常將大點小點的排卵針孔想像成銀河星座圖。

原本我希望孩子有射手座的熱情、雙魚座的浪漫、水瓶座的理性，隨著一針針的扎刺及每個月失敗的結果，我的渴求全化成「孩子健康到來就好」這個奢侈又平凡的心願。

求子路是無法計算畢業時程，身體一個小細節不符合理想數值，就得做好被當掉重修的心理準備。為了提早結業，我勤跑各間據說靈驗的寺廟，捐發票及香油錢，並且抄經、誦經。這條路我走得彷徨，尤其得知卵子早衰，加上每個月排卵針劑連打七支（一支一千元）、超音波費用，我必須壓抑焦急，祈求神明降福，也會藉著打電話向友人訴苦抒發壓力。距離遙遠的神與人，適用輕柔的敬意，但我留給身邊的家人卻是直觀地發洩情緒。打針的痛楚、回診時間的久耗、醫療費用的累加、靜觀許久肚皮仍無動靜的無力，內心的委屈彷彿塵蟎，看不到，卻使家人都過敏了。

先生為了減緩我對生小孩的得失心，印製表格小冊，格式如下：

□打排卵針

□喝雞精

□有沒有發自內心地笑
□運動（慢跑／散步）
□十一點以前入睡
……

表格約八項，倘若當天全部遵守，先生下班會繞路至公館買減糖青蛙撞奶或師大路香帥芋頭蛋糕以茲獎勵。

求子期間，也曾萌生放棄念頭，當醫生搖頭，說下個月再加油時，我總覺得付出的努力、金錢，沒聽見半個聲響，一眨眼就咻地消逝在空氣中。求子診間多是夫妻成雙，先生若有空會陪我，但他工作忙，有時單獨就醫的我只好自行消化聽報告時、一次次懷孕落空的失望，常想像腹內有個生命，為自己打氣。

排卵針劑讓我下腹腫脹，如懷胎五月，公車上常有人讓位，內心知道隆起的身形只是個障眼法。不到三十歲的我卵泡卻偏小，且品質不佳，為了回診時有良好的報告數值，我常在求診前幾天按時喝雞精、高蛋白肉汁、酪梨牛奶，如飼料雞般吞嘸補品，打進一瓶瓶賀爾蒙，希望孵出一枚希望，但結果常是著床失敗的消息。

那一針針打進體內的希望，也使我暈吐。有次身體太過昏沉，手一滑，不慎打破雞精，溢出的暗棕色液體像一灘血，流走我的希望。

不孕診間，常遇到一位外國媽媽，國外試管嬰兒費用昂貴，她只好在台北診療。她好奇我的進補飲品，常用上揚尾音、唱詩般地唸著瓶身字樣：「〇〇〇雞——精——」〇〇〇是品牌名稱，可愛好聽的韻律沖淡了我就診時的不適，她的聲音彷彿是根小鐵棒，在雞精瓶身輕敲，發出梆子般的叮咚聲。

我與她沒有口頭約定，卻碰巧在每週四下午回診，彼此是有默契的陪伴者。有次看診，我被告知得做輸卵管攝影，這項檢查相當疼痛，必須撐開子宮口，將顯影藥劑注射進體內，檢查管腺有無堵塞，肚子會感覺到灌滿氣體與水流的脹痛與絞扭，不孕媽媽們常聞之色變。

聽完檢查流程，我面如灰土地從診間龜步而出，那位外國媽媽用不熟悉的國語鼓勵我加油，我告訴自己，為了小孩，這些苦痛必須熬過。隔週我到X光攝影室時，不用檢查此項目的她，從診間前來替我加油。這項檢查是不打麻藥的，檢查結束後，我癱在床上，骨盆兩側痛得無法下床，醫生在門外喊：有無家屬？外國媽媽急跑過來攙扶我坐上輪椅，招輛計程車送我回家。

那次，我的報告是左側輸卵沾黏阻塞，得用腹腔鏡疏通。住院前一晚我做了抽血、心電圖檢查，累得昏沉睡著，隔天被叫醒量血壓、換手術服時，先生說，桌上有一盒雞精，是一位外國女人送來的。我從沒想過在醫院也可以交到好友。出院後，在診間碰到她，她該月卵泡受精失敗，在診間外掉淚，我輕拍她的肩背，彼此語言不太通，但因為相同的目標、共同的疼痛，將我們繫在一起，我們好像在玩電動中的打怪遊戲，得一直打倒怪物，才能接近內心想要的小小目標，但目前為止，我們始終被挫折打得鼻青臉腫。

她的肚皮始終沒有動靜，美國又有工作等著處理，只能放棄治療。她送我好孕糖及避免孕婦腰痠背痛的托腹帶，彷彿想把好運全部過繼給我。過了數月，驗孕棒奇蹟地出現兩條紅線，彷彿送子鳥的兩隻細腳飛來我腹內築巢。

我的子宮是懸空已久的瓶身，此刻注入了乾淨清水，水底有顆輕柔發光的珍珠，雞精的營養及瓶身形狀，顯影在我的下腹了，腹內重重實實，心情卻輕輕柔柔，透明瓶身襯托著珍珠的渾圓光亮，一晃蕩，幸福就會滿溢而出。

我一度懷疑是夢，如此小的瓶子，如何填滿一個平凡與平實呢？

我腹內占了一個生命，給了內在更寬敞的可能。以前不喜歡吃的食物如雞精、大骨湯、胡麻油煎蛋等泛膩的補品，我都能夠催眠自己：那氣味也不難聞，有個沉穩的夢想在體內哺育。九個月後，我終於能把它孵化出來。我幻想腹內的珍珠會漸漸長出五官、手腳，我的腹肚是個俄羅斯娃娃，打開我，就會出現另一個小型的我。

「恭喜你，從這個診間畢業了。」孕期滿三個月時，醫生遞過來的媽媽手冊，是令我眼眶泛紅的畢業證書。護士在冊子蓋上轉診章，她說每個離開這裡的媽媽，都是用淚水表達感謝；醫生為求謹慎，離院前再幫我照一次超音波，電腦螢幕上有個小白點，我望著肚子上的點點針孔，串起來彷彿是畢業帽簷垂下的那一串長穗。我在好友的推薦下，轉到婦幼醫院董德明醫師那兒，走著接下來期待又些微忐忑的孕程。

看著超音波上那粒小小的胚胎，在水中輕浮輕沉，小音符般上下跳躍，醫生將音量調大，讓我聽胎心音，咚咚、咚咚。好神奇呀，這是我的第一個孩子。醫生說，「胎兒心跳強而有力，雞精要持續喝。」我不禁想起同我走過這條路的那位外國媽媽說起雞精二字時，那尾音上揚，恍若唸詩、又宛如梆子般的清脆叮咚聲。我開始幻想帶著孩子讀繪本、踏青、跑步，或者什麼也不做，只是輕聲哄著寶貝入睡……

光源

陽光曬得我雙眼微瞇，每日每日我在操場練跑，「各就各位，預備——」號令一下，我右膝、雙手輕觸起跑線，左腿弓蹲，抬高臀部重心，整個人前傾，深吸口氣。「砰！」雷般鳴槍震起，周遭身影一個個超前。我告訴自己穩住，步伐邁開再加速，灰塵揚起，雙眼瞇向前方，汗自額間眉心肩背滴下，顧不得擦，我步伐再跨大，咬牙想由外線超越，忽然小腿一陣劇痛，全身往前撲。哨子尖銳聲劃破天際，前方揮的旗子是黃？紅？一陣反光，我暈了過去……

驚醒時，頭髮衣服全被汗水濡濕，良久才回神。只差一些距離就能越過終點線，光就在線的後方啊。

*

這個夢我從婚前到婚後陸續做了幾次，醫生說也許是服用甲狀腺藥量多了些，才會夜夢盜汗，但甲狀腺低下已有好些年了，心中明白不只這項因素，會不會是有個艱難目標，讓我必須辛苦去跨越呢？

研究所時，教授與我詳談好久，希望我能朝學術研究邁進，於是我沒有堅持對創作的熱情，選擇了師長認可的學術路。研究古典國學的路真不好走，有時找完兩岸資料，才發現想寫的論文已被對岸研究過了；想回到創作路，但學術路已走了三分之一，此時放棄豈不可惜？加上工作主管不允許我留職停薪太久，最後我半工半讀、勞累過度，致使身體免疫系統失調。

成家後，職場、家庭兩頭燭火常燒得心焦，想在職場上拚出個成績，想寫些散文，每個月還必須請假一天回不孕診間檢查。

幸運地，不孕療程不到半年，我便懷了第一胎。女兒出生後，我體內好像裝上無形碼錶，分秒計數上下班、趕著接孩子、吃飯、洗澡、哄睡、家事、準備隔天工作。女兒兩歲時，日子漸漸上了軌道，她開始嚷著沒有手足玩伴。起初我只當成玩笑話，不以為意，女兒的要求卻愈來愈認真，讓我也嚴肅地思考，倘若有天我們夫妻及家中親戚都不在人世，女兒孤單一人，豈不可憐？她若有個手足，至少還有家的歸屬。於是為了第二胎，我又展開了七年吃藥、打針、開刀的不孕症治療。

期間女兒體弱，高燒住院數次，職場上我得萬分抱歉地臨時請假，將導師班學生託代課老師照顧，無法及時照顧到每位學生。某天，導師班有個女孩上午都未出席，中午詢問家長時，才知女孩早上在家中猝死。我不停自責，如果我一早就打電話關心，是否女孩就能警覺地先去就醫？我是否把重心全放在家庭及女兒，學生才會出事？

我愈來愈像一隻馱著重物的獸，肩膀雙腳重重下垮。活潑的我很少笑了，每天都覺得疲憊，極度渴望安靜休息，但渴求的黑夜來臨時卻又失眠。沒多久，掉髮、怕冷、指甲斷裂、莫名哭泣。我忐忑是身心出了什麼狀況嗎？檢查後是輕微憂鬱，甲狀腺值極低，自律神經失調，求子路得暫緩一下了。

那陣子陪我的是太宰治，頹廢派的語言是當時苦悶內心的出口，常思索《人間失格》中主角大庭葉藏提出的「身為人最真切的痛苦問題」。某次回診拿抗憂鬱藥，主治醫生看到我在閱讀，誠心地勸我寫出心中的黑暗，不要太依賴太宰治，身心也許就能漸漸光明。

但也不能過度期待文字的療效，面對內心的自責，自省該如何平衡家庭與職場？對學生沒有盡到照顧責任的我，能扮演好母親的角色嗎？這些叩問在每次下筆時，彷彿進了一趟手術間，刀子劃下取出惡化細胞，然後靜待傷口恢復，手上肩膀壓著不斷加碼的重物，書寫像伏案舉啞鈴，那枝筆，舉輕若重。

後來我逃避，不寫了，服用抗憂鬱藥物期間，必須停止求孕治療，主治醫生為我打氣，鼓勵靠著書寫，一定可以走出黑暗。我回以「寫作沒有療癒，那是無限上加的重訓」，主治醫生說，「但重訓後身形會愈來愈好，會增加肌耐力。」隔週回診，醫生送我蘇珊．桑格塔《疾病的隱喻》一書，扉頁題上一句話：「痛苦配不上想活下來的人。」

隔了好久，我在部落格記下低谷的心情及不孕的療程，許多夜晚，是電腦陪我度過失眠。半年後，同我垂釣睡眠的零星網友在文章底下留言、打氣，有些則訴說他們也有相同病痛，謝謝我讓他們振作。原本以為病痛是死神發下的請帖，藉由書寫，我卻得到陌生讀者的友情卡。我仍是失眠，但較不害怕漫漫黑夜了，文章下方朋友們的回應，讓我漸漸思索有關怕死、復原與再生。

寫作讓晦澀心情有了出口，心中緊扭的結鬆了些，寫出的當下，生的欲望悄悄地回來了，是我生活壓力大時、宣洩情緒的出口，紙張就是我傾吐的對象。

後來工作繁重，職場上接了新計畫案，得經常加班，女兒又體弱，頻頻掛急診，上小學前已住院多次，我常往返住家與兒童醫院，只能在背包中放本冊子。陪伴女兒就診時，簡單寫下一些心情。週末等全家人都睡了，才將筆記內容一字字打出。那時冊子上的每句話彷彿都能滲出濕氣，打字時，是將這些潮濕烘乾。

女兒幾次看見我拿出筆記匆匆記幾個字詞，有時我心思飄飛到遠方。她問，「媽，你在寫什麼？想什麼？很重要嗎？」我說，「最重要的，是你平安健康。」女兒想聽我記下的心情或故事，我唸著本子裡的文字，女兒是我的第一個、也是長期的讀者。她還小，只能單純地說喜不喜歡這些文字。我們分享一些想法，回憶我文章中共同經歷過的場景、事件和熟悉的人，她常會看到我沒看到、沒想起的事物。

生活中要煩惱許多瑣事，有些事不是努力就有結果，看著自己的記事本，看著幸運擁有的家庭，那是寂暗道路上照亮我的光。

香火

那次重感冒失去味覺，靜養半年，才又接續不孕療程，但卵子品質始終不理想。期間，先生想放棄生第二胎，我也是，但想到女兒殷殷期待有個弟弟妹妹相伴，及存摺中已花費了數十萬進行治療，又開始轉念，再做幾次療程好了，倘若真無結果，就坦然接受，反正已經有個寶貝女兒了。

女兒固定每個月陪我到私立中山醫院李世明醫生那兒追蹤治療，有時看著她，覺得人生有此寶貝足矣，但女兒對「有伴」這回事飽含期待與失望的眼神，我便覺得對於求子一事還可以再努力些。

女兒五歲時，我幸運地再次懷孕，摸著懷有八週生命的腹肚，心下雀躍，想到一年前流掉了一個孩子，於是我更加小心翼翼。為了不重蹈流產的覆轍，年屆古稀的父親決定開車載我到桃園大溪觀音寺祈求觀音保佑，本來母親也要同去，因臨時必須看病而作罷。

時值七月炎夏，那天我們從台北出發到大溪，抵達寺廟約莫中午，烈陽炙得廟方派人灑水降溫，仍不減參拜人潮。

階梯入口，矗立朱紅拱形石門，石壁上用金錫彩繪雲朵圖騰，拱門上方以金粉漆著「蓮座山」三字，寺廟就在山巔。此山得名，是因獨峙於大漢溪畔，山巔上方的寺宇廟簷翹起如翅，寺廟如蓮花出於溪面，拱門後方是百步雲梯。我們拾階緩步而上，路不陡，父女倆小心地走著，每一步都虔誠。

父親明白已三十多歲的我渴望再為家裡添增小生命，明查暗訪探聽此間廟宇神明靈驗，送子觀音常給予好「孕」，特地帶我來此膜拜。當時我望階興嘆，唉聲抱怨走不動，父親耐心哄勸：「打針、排卵、開刀……，各種不孕症的檢查你都做了，還怕這一百多道階梯？」

望著長階梯盡頭的寺廟神像，觀音慈悲，終於聽到我的誠心祈願了呢。我觸摸腹中的神祕恩賜，緩緩走著，父親一手提還願水果，一手牽著我。石階兩側是樹根糾結錯雜的參天榕樹，蟬聲震耳，炎夏中分外清爽。多位小販兜售五色蓮，我各買一朵答謝神明。百步雲梯走來漫長吃力，幸好兩側有十二生肖石雕可供觀賞，及父親陪伴解悶。我氣喘吁吁，觀音就在前方，求子的每一步不也這麼熬過來了？

終於走到廟前，入眼的大殿裡，屋椽梁柱有龍鳳雕飾及彩繪，屋頂四角刻著鰲魚。父親以身體為屏障，將我安在身後，擔心我被信眾手上的香戳刺。我們先洗淨雙手，父親說，手潔淨持香、真念誠心，願望及謝意就能上達天聽。我因為孕吐嚴重，對香味煙灰極敏感，趕緊戴上口罩，本來父親堅持，「有燒香，有保庇，香火興，廟才旺。」見我猛咳，改說「心香菩提」也能盡到誠意，用手拜拜，神明也能感受到我們的虔誠。我原本想瞻仰觀音面容，但大殿香火鼎盛，所有神具、物件都被香灰薰黑，隱約只見觀音低眉，慈善地默看眾生。父親拜神，用台語喃喃祝禱，在香爐前耗時許久，我低聲說著自己的姓名、生辰及感謝，然後在一旁等候父親。

不久，父親拿了只平安符要我戴上，那是他在觀音前擲筊應允求得，擠到人潮眾多的香爐前過火。

那天回到宜蘭娘家，父親為了祈求神明庇佑腹內的孩子，也準備了供品在家拜拜。娘家四樓祖先牌位前有座錫銅製小香爐，圓唇，爐腹是外鼓扁形，底部三足鼎，兩側爐耳雕有虬龍，爐身刻著雲朵，樣式精緻，漆上的錫銅雖已斑駁，父親仍恭敬合掌，尊稱它為「保庇阮厝的公媽爐」，爐內插滿祈願的香柱，也積滿灰燼，爐外是時間走過的塵灰。

父親攙著孕吐的我，一同到家中四樓供桌前捻香入爐，我體虛，父親代我跪拜，在爐內撒入從觀音寺求來的香灰，爐旁插上寺廟買來的兩朵象徵添丁的白蓮，代我在爐前燒一炷香：「祈求觀音菩薩保佑小女肚裡的寶寶，事成必定早晚焚香答謝，保證香火不斷。」這些字詞，父親事先寫在紙上，默誦多次，我也跟著記了下來。

幾天後，要返回台北自家前，父親談起過往趣事，我小時有次感冒，常夜夢盜汗，看遍中西醫仍未痊癒，父親拈香拜完，便取小撮香灰，輕輕入碗，加點開水攪拌，命我喝下去。我抗拒不飲，父親說這是專程到依古法製造手工香的老店購買，用天然沉木、檀木等研磨的粉粒，再混入純中藥的丁香、龍香等粉末製成，光聞香氣就可定神，服食後可安神助眠。當時我趁父親不注意，把剩下的半碗端去二樓書房，拜託姊姊幫忙喝，她拿著手中的書敲我的頭，嗤之以鼻地把香灰水倒掉。也許我焚香夠虔誠，喝了半碗符水後便漸漸安穩入睡。

拜完觀音後四週產檢，醫生告知胎兒無心跳，得終止妊娠。我呆坐診間，耳中嗡嗡鳴叫，渾不知如何到家。父親急得託人勘察我台北家中的擺設，風水師驚訝指出，廚房格局和我命宮不合，定要早晚祭拜灶神，否則注定無子。

我猶豫不已，還要繼續努力嗎？想到不孕療程又要重新走一遍，那些天天量基礎體溫、服用賀爾蒙黃體素藥、打排卵針、照卵泡的功課，想到便頭痛，或者放自己長假，什麼也不想不做，就單純休息吧。我在好友推薦下，到另一間大型醫院找某位主治進行人工流產手術，接下來的日子，就是吃飯、睡覺。

那陣子父親胃潰瘍痼疾復發，身形益加削瘦憔悴，我一個月後必須回診追蹤流產後的復原情形，父親硬是要開車載我，看完診，又帶我到大溪觀音寺拜拜，我要他在家休息，他總說，「有拜有保庇。」寺前的百步雲梯是我們的散步通道，走累了，在樹下乘涼，俯瞰大漢溪，遠眺河階台地。父親指著前方石門水庫大壩，說有無小孩都好，只求我健康平安，安慰等我身體好一點後，他請全家到石門朵頤活魚三吃。水庫兩側各有座山，像極水庫的看護神，我望著父親，心想，他是我的守護神呢。

父親在寺裡求了本《藥師經》，叮囑我每天睡前唸一段可消業障、累積福報，又交給我一個已在寺廟過爐的銅製小香爐，叮囑我在台北家中點香祈福。

當時製香業多進口品質低劣的中國香，父親打聽得知大溪某製香業者是遵循古法手工製造，加入天然中藥，助人定神、益眠。前往觀音寺路上時，父親特地買了半打。那天拜拜，父親在包裝上用紅紙寫著：「保佑小女事事順利，心安身安。」他虔誠捧著這半打香，在爐前拜拜。我看著垂眼膜拜的父親，矚目的臉竟神似大殿上的觀音。

果乾

每個月回診間驗孕前，總會想像日子被我操勞得極為枯瘦，它天天被餵以乏味的工作、回診、助孕針劑及腹部檢查。

後來，我和先生將乾巴巴的日子養胖的方法，是曬果乾與烘焙甜點，尤其喜歡在海綿蛋糕表層淋上檸檬糖霜，細白如砂的結晶，想為日子添加甜度。我將蘋果、鳳梨、柳橙切成薄片，一一放入乾燥機烘烤，恆溫四十度極舒服的溫度，希望將那日日固定、了無創意的療程烘得熱鬧些，也烘乾一些霉運。

倒也不是非得對生子一事、有著如此重的得失心，子嗣有無不可強求，但每月看到信用卡帳單中，不孕療程針劑等檢查是數萬元起跳，金錢一個子兒都不響地隨水東流，自己的腹內始終空空如也，如此五年、七年，我修養不夠，實在難以看淡此事。要放棄嗎？但療程都走了三分之二。

誰家的日子容易呢？我和先生轉換心情最速效的方法，是縱口舌之欲，甜食最能讓我抒壓。醫生說助孕針劑吹脹我的腹皮，像假性懷孕，建議甜食盡量以健康的水果為主。

我水腫得厲害，果乾是想嚐到水果又能控制水分的方法。將水果切片最能讓我打發時間，為了避免切到手，無法亂想悲喜瑣事，眼與手所及之處，只有刀片切在果肉上的間距。烘烤果乾需耗時半天，我常隔著烘製機玻璃看成品，由舒放多汁的原形，經長時低溫焙製，豐腴果肉失去水分，蜷縮成皺巴模樣，表皮也變得暗沉，但卻極有個性地不流失味道及甜度，甜酸果香更甚未烘製前，彷彿倔強地和烘製機抗議著：你只能抽乾水分，抽不走我的獨特氣性。

入口前，最美的一刻是將薄片果乾放在燈下，隱約透光，切片薄如蟬翼（半點不假），紋路縱橫如織，入口瞬間，喀滋地脆響。

一集電視劇吃上兩、三顆水果製成的果乾，小事一樁。有時我會從小地方娛樂自己：在烘製盤上聚集各地蘋果品種，如台灣高山蜜蘋果，富士、紐西蘭、智利等品種，用舌尖對這些國家來趟「微旅行」。

為了讓自己不要亂想下次不孕症回診的結果，就讓手不停歇吧。調製蛋糕麵糊，將芒果乾或柳橙乾切碎拌入，立在烤箱門前，等待麵糊長高、膨鬆。漸漸地我的腰圍寬了，不喜胖的我內心卻極為平靜，腹內雖久無孩子消息，但甜食卻讓下腹有了肥墩墩的成果，實實在在，夫妻倆食口蛋糕，繞著甜點話題打轉，語氣也是鬆軟。

我的日子就在排卵藥和果乾的交互餵食下，忽胖忽瘦，我的體型也隨之忽而多肉、有時皺乾，但本質依然是我。

吃飯這件小事

女兒六歲那年，我第三次流產後，因為幾週下腹持續出血，緊急到自家附近醫院掛急診，醒來後空腹了半日的我，在佛教醫院吃先生買來的鹹酥雞和堆滿泡菜的臭豆腐，引來護士們側目，她們低聲唸著阿彌陀佛。以前我很乖，在這間醫院極守清規，但歷經三次流產，覺得人生真不簡單，開心才是首要。

第三次孕程由於罹患妊娠糖尿病，澱粉、糖、油炸全是違禁品，我常想像時間咻地飛過九個月就可以開吃，沒想到解禁時間竟來得如此快。

第三次小產和之前不同的是，我胃口極好。前一晚我便預想隔天三餐，先生欣喜我不像之前那樣哭哭啼啼，他也雀躍地上網搜尋餐廳，我們如同《食尚玩家》美食節目助理，搜集百天美食英雄榜，然後一一前去冒險。記得那時早餐我必來一杯孕期忌口的拿鐵，午晚餐常點公司附近好吃的炒麵淋肉燥外加滷花干，飯前先來張比著愛心的自拍，放到部落格上，昭告好友，我有好好愛自己。

天天按時程進食的三餐是軌道，讓我的心快速回到常軌，工作量大或又胡思亂想心力交瘁時，酥炸食物、可樂碳酸飲、高糖高油更是抒壓良方，何必天天健康素食？日子不必過得太溫吞，來點刺激，多快活。

不作美的是，小產術後我時常出血，不得已只好頻繁請假，班上家長及學生擔心影響即將面臨的大學學測，代課老師與學生又還在磨合，我不敢請假太久，忍著下腹不適處理班務課務。療傷是下班後的事。

能吃真是福。有幾天下腹悶痛全無胃口，我訂購的麻辣鴨血送來時，突然聞到飄飛的腥臊氣，胃底一陣翻江倒海，我奔至廁所蹲在馬桶前，胸腹彷彿被輾壓過，胃部向上緊吊，直到口中再也掏不出任何液體，腦子暈濁，許久才回神。緩步走到洗手檯漱口，抬頭望見前方鏡子，是一張濕漉慘白的臉，事後才知肚裡的希望不在了，但孕吐仍會持續存在。

那陣子沒事時，胃口大如牛，噁心時，全身癱軟，接著我發現經期竟然消失了。月信是子宮內的月曆，巢內每月排卵，內膜慎重地撕落，以紅字記錄日期，走著時間刻度，如今我卻疏於照顧這本計時簿。於是我定期回診檢查，更加注意三餐，又添購補品維他命，時時叮囑要好好愛惜身體。

某天上到第四節課，教室蒸飯箱傳來鮭魚氣味，學生嚷嚷肚子餓，鼓譟想提早吃便當，我下腹突然悶痛，喉嚨一陣腥味，衝到走廊間洗手檯乾嘔，只好在家休息兩天。休養期間，幾位家長陸續來電，「老師保重」「孕期何時？會不會影響孩子學測？」「老師，產假隨時可以休，孩子的前途只有一次。」這……我的肚子不是我的肚子呢。

返校上班時，得知有位家長向學校反應，即將段考了，我怎麼又請了病假？當時許多家長一有意見便撥打「1999市民專線」，這支專線是郝龍斌當北市市長時極滿意的政績，標榜一通電話、服務就到，幸而我班家長願意先來個「內部溝通」。我打了兩頁報告回覆，詳述自己的處境，自此，不敢再請假了。

此事讓我極為困惑，以前家中長輩對我的問候是催生語，職場上我卻收到禁生語。在婦科診所，常看到衛生署宣導海報：「一個孩子不嫌少，三個孩子好熱鬧。」原來，真正熱鬧的是人性，我的子宮盛裝的不只是一個新生命，而是以我為中心點、輻輳出去的網狀線人際糾結。

心底有事時，我的舌尖味蕾比平時更敏感，咖啡的苦與微苦，茶葉是甘是澀，一嚐即知。那陣子一下班，我便特地搭捷運到國賓飯店麵包房買丹麥紅豆麵包，甜甜的紅豆最解憂，吃完，不開心的事也消化了。

只是接下來不孕療程的針劑會反胃噁心，無法單純享受吃食的樂趣，只能口含酸梅解膩。有天回診，看著肚皮上滿是網點狀的排卵針孔，心裡忽然聯想到草莓水果的密麻點狀，當下立刻買了塊草莓塔解饞，吃沒幾口，喉中湧上一股膩。後來，排卵針劑讓我下腹鎮日鼓脹，似乎有人朝著骨盆吹氣，我的肚皮脹得太光亮了，青筋浮在表皮，緊急回診才知肚內有數公斤的腹水，這是卵巢過度刺激症，得服用利尿劑排出水分，不得已只好請假。家長們天天關切我是否懷孕了？我告知只是發胖。

班上幾個學生倒是致電關心，要我好好休息，打趣說我不在校緊迫盯人，他們反而能自在幾天。我感受他們玩笑話中的暖意。

人工受孕失敗了，隔天我如常上班，因排卵針造成的下腹腫脹全消失無蹤。我蒼白的臉，讓家長們著實「擔心」我的身體。

不必打針的日子，我恢復了胃口，又開心和先生留意美食網站，用甜鹹香辣食物包裹人事上不太容易吞嚥的無奈與糾結，然後在胃裡慢慢地消化。

往返舟中

第三次流產術後，因突然不適，我到自家附近醫院就診完，回家沉睡至隔天，女兒拿了張卡片送我，才知那個週日即將是母親節。知道節日的瞬間，內心突然有股振奮的聲音：我是個六歲孩子的媽，沒時間哀悼失去的人事物。

也沒料到之後的半年，我會失去了女人重要的月信。那年到了年底，我和先生固定每個月會到那棟灰磚醫院「開會」。病院裡人們大多行色匆匆，護士焦急推動病床，在消毒氣味、樂聲與四周流竄的躁動中，我倆穿行掛號櫃檯、中央通道、曲尺廊橋，最底側是五坪左右的會議室，室內特別的是右牆掛畫：藍色汪洋中一艘木舟，舟前立著十字灰色船錨。護理長曾強調這幅畫代表婦產科精神：「一艘加滿新生與希望燃料的船，哪裡需要醫護人員，我們就航行過去。」

我反覆看著手機裡條列的問題，思索該如何詢問主治醫生？口氣如何拿捏？覺得自己像新手捏陶人，力道輕重、角度、形狀只是想個雛型，卻不知從何下手。

主治醫生是該院婦產科名醫，與他開會幾次，名義是溝通商討，實則沒得商量，他常用公文式台詞說，「你驟失胎兒，身心尚未平復，口述事件與本院處置的記憶恐有落差。」我手指絞著衣襬，像個犯錯學生，幾乎對老師點頭稱是。

我回想，母親節小產術後，我下腹持續出血，接連一百多日月信全無，主治醫生說是體質問題，施術過程並無差錯：「身體沒問題，有某些病痛是心理因素引起的錯覺。」我只好壓抑隱隱滋生的疑慮，領取醫生開立的宮縮劑及鎮定劑。直到九月某天下班，我空了半天的胃揪得悶痛，買了炸雞可樂抒壓，以酥肉糖飲澆灌疲累心靈，多麼激情痛快的味蕾享受啊。突然，我摀著猝不及防的悶痛下腹，拜託先生趕緊帶我看病。樂極生悲是這麼回事嗎？

自家附近婦科診所的潘如瑾醫生低吟不語，他安排超音波、子宮鏡，靜默的樣子讓我的胃腸揪皺成團。「你的子宮內膜應該在流產手術時被刮傷了，宮壁沾黏，僅剩一層薄膜。」半晌，我只能張口，驚愣地聽著耳畔聲音：「刮傷的子宮沾黏感染，也許無法再成功懷孕，最好能回原醫院申請手術前後的病歷，了解實情。」潘醫生說，病歷這把傘，下雨時發揮作用，沒下雨放在身邊也安心。

我對主治醫生的情緒已累積成滾燙岩漿，決定去問明真相。回想孕程十二週時，報告顯示孩子心跳正常，但我日日出血，要求照超音波，主治醫生認為不必多慮，再回診時，孩子心跳已中止，且胎腦萎縮，主治醫生說，「只待在肚子裡三個月的生命，對我們看慣病死的醫護人員而言，很正常。」我錯愕地看著他開闔的嘴形，聲音模糊地彷彿蓋上一層布。

流產手術以人工方式剝淨牢黏宮壁的胎盤，孩子被長鉗夾裂、用刮匙及吸器取出，血自我體內汩汩流出。本以為按時服用醫生開立的抗生素、宮縮劑，靜養、多吃補品，受損的身體與幼體會再度回來。因為定期的月信是想成為母者的入場券，結果術後長達半年，我完全沒有領到紅潮票券。

潘醫生聽這段回顧，認為我也要負責，身體症狀自己最清楚，豈可只注意醫院帳單，卻不去探究醫院藥單？他勸我先找原醫生溝通，不要衝動地走訴訟路，那可是萬里及萬年長征，且醫院官官相護，打醫療官司對我而言是完全陌生的劇本。於是年底，我展開了為期半年、定期的「與主治醫生ＰＫ耐力賽」。

在會議室「商討」時，護理長也會現身。她年約半百，深刻法令紋及架在鼻梁上的黑方框眼鏡，讓她不言自威。桌上的錄音筆監聽兼監視，試著揪出我方的脫序行為；主治醫生也淡定地翻閱病歷，只偶爾幾次，我敏感察覺他撇撇嘴角，似乎不太耐煩。護理長對我說話時，常聚焦在錄音筆上，彷彿此物才是生命個體，我和先生只是端坐不動的植物。

護理長是忠心的護衛，談起主治醫生平時休閒時勤練縫線、綁繩、拾豆，訓練指節靈活度，並以數據佐證醫生開刀無失敗率。開刀前，早耳聞主治醫生被捧為神之手，可惜我恰恰汙損了他的完美資歷。號稱擁有開刀不敗紀錄的神，終究是凡人。

這是場耐力賽，先生多次勸我以身體為重，大家都要上班，我還得抽空治療子宮沾黏，何必把時間浪費在追究過去，讓靈魂在這狹窄會議室裡繼續耗弱？明白先生的善意，不喜爭吵的他願意陪我來此協商，已屬難得，向來，先生遇到糾紛，沉默就是他的語言，但思及無辜受罪的子宮、意外流走的孩子，內心便升起不平。與主治醫生對峙彷彿參加打怪比賽，但比賽鳴槍才剛響起，先生竟要退出賽局？先生的不支持，比對外受敵更令人孤單。

「我的退讓不是退縮，而是擔心你身體會垮。」先生勸我在打怪比賽中，不要心也扭曲得成了怪。和先生討論多時，我決定試著再協調一次。

*

持續了半年的「協商」由秋季走到了隔年三月，那天春末暖陽照拂，一片鬆軟，耗時許久的僵局，應該會有不錯的結果吧，我深感是個好兆頭。

「有沒有底價？」我和先生一入座，護理長便殺來這記球，幾秒後我們夫妻倆刷地站起，我顫抖、憤怒地回瞪，雙手握拳又張開，大聲反擊：是在市場肉攤論斤秤兩嗎？護理長將我和先生拼湊成要錢的人，我深吸緩吐，克制飆髒話，深感彷彿又被丟回母親節前的流產手術檯、再次歷經被挖攪的痛。原本想釐清病因是醫方疏失或是自己疏於照顧？了解真相後，才能避免重蹈流產之痛，怎麼每一次追訴，與醫方對峙完，都像是跑完長程賽後的虛脫。

忽然，護理長翻看病歷本時漾出淡笑，不經意地說：「暴食又催吐、服用百憂解，掛精神科啊？」我點頭，一時會意不過來。

「服用抗鬱劑有時會有幻覺，你回溯事件的記憶與感覺，也許不是那麼精確哦。」她將「哦」字尾音拉長。

完全沒料到對方這記回防，我正想分辯，主治醫生說他的門診時間到了，匆匆離去。

這戰術太莫測了，每次會議，我放大可疑細節，對方則把事件縮小處理，回以「那沒問題」、「你想太多了」。善良的先生勸說算了、自認倒楣，他陪著委屈的我來到主治醫生的診間外，以為我還想追問病因。趁大家毫無防備，我對著候診民眾問，是否有人被誤診，先生趕緊將我架開，在保全人員的哨聲中，我捕捉到人們投來的異樣眼光。

先生不忍我瘦成了枯骨，由於子宮還要修復，建議我收手，提告也改不了生病的事實。他看到我在部落格上指責主治醫生，甚至意圖找媒體，擔心我尚未提告，卻先吃上官司：「人生苦短，我們耗費在醫院的日子太久了。」我則不高興先生與自己不同陣線，彷彿是醫院派來的臥底。其實也明白自己情緒控管太差，隱隱覺得內在情緒是頭衝撞的象，自己的理性是騎象人，理性想指揮行走方向，卻拗不過大象的力氣。

由於子宮療程在即，得盡快拿到病歷，但我已成了病院黑名單，醫院櫃檯人員打量我時，帶點看好戲的神情，彷彿嗤笑我妄想以螻蟻之臂、動搖這棟巨塔。服務人員涼涼地說，一個好醫生的養成要花費數十年，我可能毀了一個神醫：「要命時，來求醫生；要錢時，就來告醫生。」我吞下諷刺，拉住內心那頭惱怒的大象。

領完病歷，長廊轉角，一位陌生中年男人遞出名片，寫著醫療糾紛顧問公司，他聽說了我的事，熱心地表明可以協助，名片上寫下幾家媒體申訴專線，他有立委服務處及民意代表的聯絡管道。也許是有人通風報信，護理長隨即趕到，將我帶到一旁，遞來婦產科科主任名片，護理長向來尖深到下巴的法令紋，此刻因大口喘氣而細微鬆動，口氣不若以往冷言冷語，聲音放軟地勸不要走時間與金錢都是高成本的訴訟路線，也不要隨意聯絡媒體，有什麼問題可以找主治醫生或科主任談談。

我想起每次候診，看到醫生護士病患爭取看診的時間與速度，原來這時間感和速度感，也充斥在醫院沒有看診、沒有開刀的角落。

握緊手上兩張名片，這是兩條截然不同的路，隱然發覺體內蠢動著暗黑的報復心，想將這起手術事件攤在大眾面前，毀了主治醫生「神之手」的美譽。先生不斷勸說算了，也教我不需要抗拒體內湧現的黑暗情緒，那也是人體內的一部分，去接受並試著引到正確方向，也許可以把怒極的心、轉化為迫切讓身體好起來的動力。

約略明白子宮修復好，也無法回復到以往對他人信任不疑的單純，心底的裂痕永在。學校輔導老師教我一套日式美學：「侘寂」（Wabi-sabi），去接受不完美，學習欣賞斑駁、斷痕，有缺口代表有機會慢慢填補，修補過程會發現不完美也有種美感。

也許我的病例會「活」在主治醫生的診間，沒有醫生會置病人於不顧，至少主治醫生從不缺席我和他之間的會議。

「侘寂」思想實踐不易，思及當初我由於不滿主治醫生，引發一連串後續事件，如同一副多米諾骨牌，將事件推到了現在醫病雙方都極為疲憊的走向。是否先改變自己的不甘心態呢？想著會議室那幅畫：海上木舟，母體子宮也有一片海，海自有潮汐與波瀾，也有行舟之人，我應該要為自己擺渡到對岸。

我時常在手中摩娑那兩張名片，隔了不算短的時日之後，才將它們放到抽屜最底層去。

父女同行

醫療糾紛事件後，在好友推薦下，我改到極有口碑的另一家生殖醫學中心看不孕科。生殖中心的主治醫師建議我做試管，並保留幾顆健康卵子，因為報告顯示年屆三十五的我，卵子快到暮春了，他推薦離我家較近的新竹某間凍卵診所。我約好日期準備前往時，母親必須檢查乳房腫瘤，先生公司臨時有事，改由父親陪同。

行前，先生不停勸我打消凍卵念頭，認為生不出來就算了，不孕不該是女人必須承擔、必須治癒的「病」，我也認為女人的價值不應該被肚皮定義，但我是深思後，極想要個孩子來陪陪年僅六歲、成天吵著想要弟弟妹妹的女兒。我雖然被歸類為高齡產婦，但年紀只是告訴我活了多久，不能限制我想怎麼活，我想要給女兒一個伴，讓她在我和先生不在時，仍有個手足可以依賴。

父親也極不贊成取卵，覺得違反了大自然規律，由於我堅持，他借了許多此技術的書籍，常邊看邊皺眉說道，「夫妻倆年輕時拚命賺錢，過了黃金時期，才想到把賺來的錢花在這裡……」當我們要出發前往卵子銀行諮詢時，父親又問了我許多細節及注意事項，看著他緊擰的眉頭，我心揪了一下，他是疼我的吧，即使那麼堅決反對。

我們約好輪流開車，我將車緩緩駛上國道一號，父親試圖扭轉我的決定，他因擔心而語氣略暴躁，父女倆只好靜默，車內氣氛尷尬，我旋開廣播，主持人開放叩應，來電聽眾評議即將到來的第四次總統大選，廣播節目對話愈吵雜，愈能減少父女倆爭執後的不自在。我希望周遭吵一點，分散父親對這次問診的注意力。

車程不短，由於些微緊張，也不知和父親說什麼，我只好邊開車、邊瞄前方風景，那天是夏秋之交，上午的天空在金光照射下像淺藍絨布繡著亮片，車駛在筆直道路上，旁側綠樹不斷後退，經過紅柱金瓦的圓山飯店，我想起訂婚宴時曾來此參觀，那時覺得生子何難之有？在廣播音樂中，看到一棟貼滿墨色玻璃的大樓，入口處的浮雕刻字「送子凍卵銀行」，父親在入口處躊躇半晌，和我一個月前初次來此的反應相同。

真像飯店啊，上次我只是匆匆預約下次諮詢時間，並未細看，高挑寬敞的一樓採光明亮，等候區有舒適的沙發，壁上掛著草間彌生的真跡。護士帶路時，介紹裝潢意涵，例如天花板垂吊多隻游向洞口的白色蝌蚪，隱喻整棟建築是女人的子宮；大廳掛著草間彌生用圓點繪製的紅南瓜圖，據說這位畫家時常出現幻覺，便以畫畫當作情緒出口，院方掛上此圖，希望求孕者正視內心苦痛不安，才能找到出路。護士保證，他們銀行最美的藝術品是「人」，凍住初生的卵，孵出新生。父親拉拉我的衣袖，緊張模樣彷彿他才是求診病人，我知道他希望我再多加考慮。

踏進診間填寫問卷時，父親不斷以右指點觸右大腿，那焦躁動作也感染了我。第三次流產後，私立中山醫院檢查出我的子宮壁因多次刮搔，只剩一層薄膜，得開刀修復數月，才適合胚胎居住，做試管嬰兒本來就要取卵，趁卵子還未全面遲暮，先取多顆來冰凍，等子宮修復健全，再將胚胎植入體內。多年來，想再生個孩子的念頭不時縈繞，但一次次被宣判流產，讓我在失望低谷盤旋多年，得知有凍卵技術時，讓谷中的我看到熒熒亮光。

填寫問卷時，父親也湊過來一起看，他彷彿檢查報稅單，每個選項都來回細看。不久，醫生進診間，年約半百，方正瘦削的臉漾著微笑，客氣地招呼。醫生略述試管及凍卵流程：將卵子凍在負一九六度的液態氮中，卵子的健康樣態會凍在取出的那一刻。

我和父親行前已對此技術做足了功課，記得初次聽到「凍卵」，長年住在鄉下的父親愣愣地問：「囝仔囥底親像冷吱吱个冰箱內底，袂寒死哦？」「物件攏嘛係上青吔卡好，冰起來？冰箱嘛有保存期限……」我將一些凍卵報導書籍拿給父親看，裡面對這些問題都有解惑。

醫生仍耐心解釋凍卵原理：取出卵子，脫去細胞內的水，立刻超低溫冰凍；解凍時，在顯微鏡下受精，快速植入母親體內，全程卵子都是保鮮，「這是時光嬰兒哦，將媽媽健康時的卵子凍住，當它解凍時，也許已橫跨了數年。來這裡凍卵的女性，有五成和你一樣，都是來從台北來的。冰凍卵子可以保存十五年。」醫生為此技術自豪，並指著資料，陳述院內的成功實例。

我想像，冰凍卵子的冰窖是個時空膠囊，囊外的我們臉及身體被刻上歲月細紋，囊內的生命，卻停駐在取出的瞬間。被醫生視為高齡產婦的我，在卵子生命即將老去的臨界點，有個技術能將生子搖控器交到我手中，現在我得開刀修復子宮，先按下生子停止鍵，幾年後可以生育了，再按運轉鍵。我好像可以在卵子老去的這件事上鬆一口氣，為了取卵，我已服用中藥調理數月，每週按時運動。

父親仍傾向「自然」派，我買的保健食品，他一概拒吃，認為多運動多吃蔬果就是養生；我和母親想去皮膚科診所雷射去斑，他認為戴帽撐傘就好；生子就順應自然，試管嬰兒、凍卵對他的傳統觀念帶來極大衝擊。

「這是一種買保險的概念。」醫生仍試圖說服，此技術在卵子健康時先存起來，買個有備無患。

父親沉吟許久，突然問：「不知道現在醫學，可不可以把人最健康時的狀況凍住？」我愣住，自然派的父親問了個極深沉的問題，他是否想到自己反覆發作的胃潰瘍，及年過七十內耳不平衡，常為暈眩嘔吐所苦？

醫生樂觀地說，醫學界正朝這方向努力，接著說明取卵前要打排卵針、破卵針，取卵當天全身麻醉，用長針行經子宮、輸卵管壁抽取卵子……父親再度反對，擔心對我的身體造成損傷。我試著說服，這技術也許能為自己帶來一線「生機」，況且成功案例如此多，打針吃藥的不適，比不上想要孩子卻不能如願的失望，我竟然可以在生育時機上暫時地自行調配順序，這不是老天的恩賜嗎？

看著父親的愁容，我想，許多人家裡都有個擅長反對的父親吧。中學時他討厭我加入耗時間的校刊社，反對我讀中文系，不滿意我早結婚，不贊成我寫作、把自己活在夢想與現實的交界，現在，對科技生子的希望火苗潑以冷水。我明瞭他的擔心，於是我口氣放軟，說，檢查看看，卵子倘若不健康也不能取，求子的期望值會很低。

父親盯著我，久久。我換上檢查服前去抽血、檢查子宮卵巢，父親拉拉我的衣袖，「嗯……」了許久，那是他和我說話時，想緩解緊張的發語詞，如我結婚當天，從娘家走向禮車，父親拉著婚紗「嗯」了很久，才說重點，「不要被婚後的坑洞絆倒。」小時嚴肅易怒的父親成天忙，好不容易找到時間想問他事情，我必定雙手互絞，緊張地吞嚥口水清喉嚨；長大後我已習慣凡事自己作主，忽略了在後頭看著、擔心我的父親緊張地挑選字句，以免父女倆又起爭執。我倆父女關係是什麼樣子呢？約莫是個迴紋型，一種迴環關係。凍卵事件會不會為我們父女的相處帶來些波瀾呢？早已習慣獨自走在前頭的我，在此事上，最後仍然找父親作陪。

護士遞給我們合約書，詳載每年銀行「保存」卵子的管理費及終止契約時，這些生命的流向，是銷毀或是捐贈？我即將在診間，檢查生命有無發展的希望；讀法律系的父親在診間外，審視法條上對生命的約束。

檢查結束，預約下次聽報告時間，回程時，我由於檢查引起下腹不適，改由父親開車，他仍是反對，叨唸著卵子銀行就是坑錢銀行，不舒服的我口氣不大好，重述醫生「凍卵就是買保險」的觀念。父親說，「保險都嘛在騙人，買保險容易，理賠難，身體出問題，誰負責？」我按下廣播將音量轉大，用政論名嘴批評時事的聲音，蓋過他的不滿。父親對我的固執也火大了，低吼，「應該把小時候、那個可愛的你凍起來，個性也可以冷凍就好了。」

也許累積了太多擔憂，回家後，父親重感冒，高燒多日，我帶他看診，不斷浮現他問醫生的話，「可不可以把人最健康時的狀況凍住？」

父親康復後，要我載他去土地銀行辦理存匯，順便幫我拿存摺去補摺機整理，我想著自己那陣子常在凍卵銀行與商業銀行間來去，兩種銀行貼出的文宣有個相通點：尋求夢想。求生子與求生活是夢想嗎？我不太清楚，只覺得自己是老實地過著每一天，且都不太輕鬆。

那天土地銀行大廳等候民眾很多，我看書，父親看著報上股市分析，問我買哪一檔股票好？輪到我們時，我扶著父親到櫃檯，他拿出一張支票及我的存摺，說存到我的帳戶。納悶中，我眼睛瞪大，上頭寫著六位數，正是卵子銀行所需的費用，我連忙拒絕，父親示意安靜，慢慢踱回座位，續看那一頁股票。

傍晚

很喜歡觀察大家接獲喜事時的表情，有尖叫、笑、雙手摀頰或淚眼汪汪，這踏踏實實的雀躍感，讓我真想將時間定格在那心情悸動的瞬間。那天，我在超音波室乍見懷了七週的第一胎時，腳尖定在地板，腳跟如彈簧般小巧彈跳。喜雀報訊約莫類似這動作吧？

但接連流失了三次孩子，醫生第四次報喜時，我完全不敢聲張。那天我恰好是最後一位病人，傍晚診間的病患漸少，白日的喧鬧聲慢慢蒸發似的，得知孕事的我聽到自己心臟的鼓跳。走出醫院大樓，夕霞柔光灑在膚上，清爽舒服。電話裡頭母親說，前幾次我孕期未滿三個月，便致電昭告好友、上網貼訊，福氣才剛成形就被驚嚇走了，這次要好好收攏，不要聲張。

於是我相當小心地對待新成員，將消息存在保險箱中，鎖上密碼，私下獨處時，才讓喜悅跑到眉梢和嘴角邊透透氣。這次懷孕出乎意料，本來考慮試管受孕，因為我的卵子全不成熟，加上試管花費極大，想想已經有女兒了，應該先專心照顧現在的家庭成員。女兒也不忍我受苦，貼心地要我健康就好，豈料心變寬後，肚子卻給了更寬的可能。

這消息如捧在手中小心呵護的晶瑩瓷杯，深怕一個不小心就碎了。我天天捧著杯子端詳，看到瓷面反映出我的面容，隱隱生輝。

淨外之音

女兒七歲時，我的腹內第四度有了好消息。

懷孕增加了我嗅味覺的敏感，下腹悶痛時，總感覺聞到血氣，事後證明揣測不假。有時出血量大，褲子染上紅漬，我試穿幾件免洗褲，材質常引起皮膚過敏，於是我練就了幾分鐘內、快速清洗衣褲汙痕，也彷彿安慰自己，衣物能恢復潔白，身體也會恢復健康，這一胎，沒事的。

愛乾淨的範圍，不知不覺擴大到家裡其他空間。電視看著看著，氣喘的我便開始打噴嚏、流淚，接著胸腔的空氣彷彿被人使勁擰乾，我只能張口用力吸氣。是空氣太多塵蟎了嗎？等身體漸好，便戴上口罩，掃除地上紙屑頭髮毛絮，轉頭瞥見椅子、沙發上的筆墨痕跡，趕忙以牙刷沾酒精及皮革去汙劑，刷除上頭的汙點。

那時島上H1N1流感肆虐，醫生叮囑已懷孕的我，在公共場所要戴口罩，若不慎感染病毒，藥物會造成畸胎。職場上，我是蒙面客，天天只露出雙目示人，那層口罩是自我保護，也是人我疏離的隔板，只有吃飯時，我才卸下保護片。

我的辦公室座位在最內側近冰箱旁，那裡比起入口與走道，少了人們的走動與目光。辦公室沒有OA隔間，我把書本立起當成隔間矮牆，將升降椅調低。每日早晨七點半入內辦公，我的首要事便是拿起酒精清潔桌椅，再坐下。我個子不高，坐在椅內如深陷海綿，低頭備課時，這小空間就是我盡可能閃躲人群的小小桃源，我用書牆加上心靈空間上的隔層，自我保護。

想到好不容易懷上的小天使，我愈來愈要求環境乾淨清爽，工作場合，冰箱在我座位右側，我自願擔任冰箱管理者。孕期味嗅覺特別敏感，冰箱一有異味，我的胃部便翻攪。每週，我固定清理冰箱一次，把自家收納盒拿來存放辦公室裡食用未竟的麥片、餅乾，冰箱門上的醬料按甜鹹調味及時間分序排放，冷藏冷凍成了層層分隔整齊的抽屜，自覺能到大賣場生鮮食品部門尋覓職場第二春。

座位後方有長排窗戶，我定時用雞毛撢子清掃灰塵，平常我會閃躲對面同事注目的眼光，但後方陽光與風，總能無顧忌地穿行到我的空間，陽光會將桌上的書頁突然改變光影，將我的髮梢揚起不同角度。我常窩在椅內，有風有日光，幻想躺在海灘椅上。

但學生常會跨入我的小空間，有時帶著午餐想邊吃邊聊家庭或交友困境，有時想借冰箱，時而借電腦印報告，時而繳交作業，有些是打掃此間辦公室，見我座位後方較寬敞，便將掃帚拖把擱置在那……，看著學生邊說話，飯粒掉在桌面、地上，我常衝動地想立刻拖地。

大剌剌的青春期男孩，能指望他們有多乾淨呢？待他們一走，我拿起拖把，清掃他們方才午餐掉下的屑渣及灑出的湯汁。懷孕也使我經常仔細地檢視班上教室的環境。高中男孩不拘小節，他們察覺不出異味、看不見灰塵，我只好嘆氣地當起家政婦。有次打掃過猛，感覺下腹有異，緊急如廁，看到褲子又染血，我忐忑，深怕又流失胎兒，只好令自己閉眼，不去看周遭灰塵。學生則幫懷孕後體型漸圓的我取了個綽號——「潔癖企鵝」，一隻企鵝孕婦，對環境灰塵異常敏感。

懷孕減去幾分原本的耐性，見負責地板的學生怠忽職守，我心中常沸著一鍋水。忍著怨氣改完作業，幾天後靜心想想，我完全沒有缺點嗎？我看似任勞任怨地打掃教室，私下是滿腹委屈，直到牢騷積累過多，才一古腦兒爆發。大家給別人看的，都是日光照到的海洋表層，深層無光的幽暗海域，誰想讓人窺視呢？

不必怪學生，他們目前只是與我的心走得遠了些，我先管理好自己的小空間吧，試著練習不再干涉冰箱食物。起初不太習慣，一聞到食物怪味，便奔至洗手間漱口，有時聽到同事問：「冰箱便當是誰的？已經放了兩天。」便想像裡面長出青綠菌絲，舌上泌出霉味。為了眼不見為淨，我將椅子背對冰箱，命自己想像冰箱是保險箱，裡頭全是黃金，金子即使有灰塵，價值仍然不變。

心理的不安反應在身體上，是失眠及持續地大量出血。那陣子常白著一張臉上班，表面平靜如常，只有自己知道內心老是想著流產的陰影。有天我下課時窩在椅上，全身盜汗直不起身，下腹疼痛，回診時醫生說持續出血，得打安胎針，超音波上看到孩子長出來的手緊抓著我的臍帶。我在診間如初生嬰兒般啼哭，是感動，也彷彿想宣洩什麼。

護士用濕紙巾擦拭我大腿沾到的血跡，直到膚上紅色漸成淡粉，我想，也許我最想弄乾淨的是自己的身體吧，想留個無穢、安全之地給腹內寶寶。醫生幫忙打安胎針前先量測心跳、血壓，我漸感昏沉，隱約記得自己看著醫護人員在我手腕內來回仔細地消毒，確定膚上無任何汙漬，然後下針。

好友的祈禱

第四度懷孕後，我的臉書首篇文章張貼不久，便接獲一則交友邀請，對方頭貼是一排阿勃勒，樹梢花朵如金色掛燈，對方只有一則照片貼文，畫面是涼風拂過，十多盞阿勃勒花燈如黃金雨般飄落。好奇地點入對方檔案，居住加拿大十年，近年已搬回本島，與我同年，工作與感情欄位空白，學歷用英文寫著國外某大學，彼此沒有共同朋友。

加拿大？昔日的好友——她，待過的國家。我略微遲疑地按下交友確定鍵。

「嗨。」幾小時後，私訊中傳來客氣的問候。是她。我體內血液瞬間凝在冰窖裡，幾秒後，有把火接續烘烤全身。

是十年前突然出國的好友，三千多個日子無隻字回應，我以為友情也隨之出境了。

她主修西洋繪畫，也喜歡東方的傳統古典，我們在古詩吟唱社熟識，她常椅凳一坐，拉起二胡。總覺得二胡如她，適合一人獨奏，我好奇年方二十出頭的她，怎會選擇這種音色憂鬱、悲涼味甚濃的樂器？

她外文流利，偶爾在社員的鼓譟下，害羞地吟唱英文版〈登鸛雀樓〉，配合二胡弦樂，違和又融合，社員們著魂似地盯著她及腰長髮，瘦削手臂拉著二胡，款款搖擺著上半身。唱畢，她微笑稱謝，淺彎的單鳳眼消減了些距離感。說話輕吐如絲，靜靜地坐在簡陋雜亂、四周飄散泡麵、炸雞味的社辦教室，不帶人間煙火氣，是獨自運轉、發著亮光的星球，我不自覺地繞著她公轉。我常戲謔她是我的恆星。

她的恆星，則是交往多年、長她許多的碩士班同系學長，只出現在她口中，現實裡，我從未見過，若非聽過對方幾次來電，我懷疑那顆星只存在虛幻宇宙中。聽她說，男方是中南部某食品公司的獨子。

寡言的她像幅靜物畫，微笑是她的語言，相處時，多是我說她聽，良久才回個「嗯」。她藝術性格濃重，現實感極薄，對錢沒概念，物價高低於她如同每天波動的氣溫，只是當天該穿短袖或添加外衣的數據。有次幫教授處理國科會資料，工資遲遲未發，她也不爭，篤信吃虧就是吃補；和男友約會，不在意支付全額。她外形輕盈夢幻，極少進食，理由是她的恆星主修雕塑，喜歡瘦骨的女人，尤重鎖骨腳踝膝蓋骨，望著她日益凸稜的鎖骨線及沉靜個性，我有點擔心她是否會活成一塊化石。

臉書來訊聲響打斷我的回憶，迥異於往昔的嫻雅安靜，不關心金錢俗務的她，與我聯繫上後，積極詢問不孕症治療的醫院、費用及療程，我詫異，原來她結婚了？

她接續提起國外不孕療程花費昂貴，國內某些醫院價高卻無效，是詐騙集團。歲月在人的個性上，是不是會動了一些工？昔日只看光明面的她，如今懂了世間總有太陽照不到的陰濕角落，會爬滿苔蘚、長著菌斑。

臉書上，我們用文字接續十年空白，我分享自己走了七年的不孕療程、助孕的瑜伽動作及食譜，胎教音樂、哪間廟宇的註生娘娘特別靈驗，她篇篇按讚，留言寫著她正走著我走過的求子之路——找同位醫生、服排卵藥、打針、進補。大學時期，我的假日安排、打扮、話題常以她為圓心；如今，她是繞著我回應臉書的時間作息，我隱約感到她的婚姻不甚順遂，我是她現今急著想求孕的浮木，一如當初我將她自深陷的感情泥沼中拉起，商討她應該到國外重新出發，將她破碎的心重新拼貼。

她的不孕療程接連失敗，訊息中透露輕生念頭，我們約在母校附近咖啡店碰面，再到學生時期她就讀的系館大樓散心。望著沉穩暗磚的系館，我想起以前詩詞吟唱社散會，常陪她扛著畫架走回宿舍，她揹的袋子混合刺鼻油畫及水彩或彩墨等顏料，那時她手上常沾染顏色，抱怨要熬夜趕畫作，眉間的皺摺，我以為單純只是因為繁重的課業。

原本想安慰她，不孕不是世界末日，但母校建物不斷召喚彼此的回憶，我只好暫擱不孕話題。她提及當初念此系，開啟了她一向昏睡的視覺與心覺，能細膩感受樹上抽出的新芽、花草人物身上的光影，「我的眼耳及心都被打開了。」她說。

這句話，當年我常聽她說，當年開啟她心門的學長男友，如今她仍惦記嗎？現在的先生是什麼樣的人呢？

我望著她，十年歲月，似乎在她五官、身形上靜止不前，仍是美麗纖細，但眉宇間比以前的皺摺更皺，原本身上散發的光黯了些。我們由憶往，拉回她現今最關注的孕事，她看著我快臨盆的凸肚，透露著羨慕，拜託我介紹台北有名的註生娘娘。

我們同去求子靈驗的龍山寺，她跪坐蒲團上，虔誠祝拜，鎖眉、鄭重擲筊，口中喃喃祝禱，輕煙在她頂上嫋嫋飄升。十年前她掙扎著是否出國時，我也曾陪她到霞海城隍廟拜月老，擲筊問事。

＊

我快生產前，請了產前假，可以睡到自然醒的日子無多，得好好把握。隔天早上九點，私訊鈴聲響起，她因施打排卵針，腹內鼓脹如懷胎五月，須動手術抽出腹水。她央求我在同意書緊急聯絡人欄位上簽名，她的家人全在國外，此時才知，她的身分證配偶欄空白，求子之路，是為了當年她口中的那顆恆星，但對方早在十年前，已是另一個女人的宇宙了，只因男方父母希望兒媳家世與自家平起平坐。當年，她以為愛情只要男女雙方堅守陣營，再猛烈的砲火槍彈都能抵禦，殊不知那位學長與她已分屬不同陣營，自動向父母輸誠。她以為的恆星，是顆極具催毀力的隕石。那時她恰巧考上公費留學，本想放棄，留在本島挽回感情，正舉棋不定時，她的家人與我，為她的留學夢推了一波助力。

幾年前，男方的元配因為不孕，屢受夫家責難，主動畫下婚姻休止符。是臉書，讓她和這位昔日男友超越時間空間再度聚首。獨子的男方將子嗣希望寄託在她身上，對方父母盼孫已久，承諾她一有身孕，就給予名分。我勸道，生產不是女人的全部，不能拿來當成結婚與否的賭注。但失聯了十年的友情，這話對她而言是失效的。

她因抽取腹水必須住院幾天，我日日陪伴，期間，她口中的恆星完全沒有蹤影，換洗衣物及想吃的美食，全是我幫忙打點。她常望向窗外，看著醫院對面那條婚紗街，幻想穿上婚紗的模樣，她吐露每天在臉書上必追蹤三人——我、學長與對方的元配，她花了番工夫研究元配的喜好品味打扮談吐，學習如何成為未來公婆口中的「好媳婦」。

她出院後，我們一起到龍山寺拜拜，看著求子的她跪在註生娘娘前垂目祈禱，耳畔響起她的自我剖析：雖同情元配不孕，但也略微慶幸對方因為無法孕育生命，她死寂了十年的感情才又有生機。

如靜物素描畫的她閉目祈禱，那幽微的心思，何時與靜物畫的立體明暗相仿？

她的臉，被歲月燻出濃濃的煙火氣了。

輯四

女力媽媽養成記

我保護你

每日早晨七點，我和女兒的心情總是隨著電梯樓層的升降而起伏，最怕它卡在某層不升不降，似乎與時空對峙、栽進黑洞裡。這棟大廈住了近十年，每層樓有四戶住家，有時在電梯門前相遇，便禮貌性點頭、客氣微笑，彷彿承認對方的居所，而不是承認這一個人。狹仄電梯內，人們肩挨著肩，內心距離卻相隔甚遠。

一如往常，女兒來不及紮髮，水壺背帶長垂身側，書包拉鏈半開，像是把沒醒的夢帶了出門，電梯在上一層定格許久，我不斷看錶，該上樓去看看嗎？一想到鄰居陌生冷淡的表情，即使只隔一層樓，也和山一樣遠，我打了退堂鼓。

電梯終於來了。入梯，對鏡梳理自己滿飛的蓬草，鏡中，一位不熟的老伯伸掌摸摸女兒圓胖的臉：「妹妹好可愛，幾年級了？」粗厚手指將女兒垂落前額的半長髮絲塞到耳後，我急忙將女兒遮到身後。

當下我沒說什麼，因為「鄰居」的稱呼，得顧及顏面，但那隻手指尖針般牢牢扎在我心底。老伯續問：「幾歲了？念哪裡？」

這問句讓我微顫，幸好地下室停車場到了，我催促女兒上課快要遲到，藉由跑步，想躲開老伯望過來的目光。

上了車，我連珠炮似地叮嚀：「對陌生人要警覺些，要避開生人的肢體碰觸哦。」女兒的保證從後方傳來，但語調遲疑地問：「媽，你不是說做人要有禮貌嗎？伯伯只是問我年紀及就讀學校而已，而且他是鄰居，不是陌生人啊。」

這問句掀開了我刻意不想回憶的過往，小時那位「叔叔」給我糖果，微笑地問：「幾歲了？念哪裡？我改天來陪你好不好？。」

*

小學一年級時只有上午課。下午父母要工作，我常獨自在家，功課寫完，便坐在二樓書房，與手上的舊娃娃對話。

某天，如常寧靜地獨自玩耍，左前方忽然傳來低啞嗓音：「妹妹，我是叔叔，你爸爸要我過來拿東西。」矮小的我先看到淺棕色西裝褲管、毛衣、同色休閒外套。對方身形高壯，臉上微笑很深。

叔叔？父親有九個兄弟，家族聚會時，我遵照父母指示喊著每位長輩的稱謂。叔叔們的共同印記是高大親切，但他們的面容輪廓我總認不仔細。這位叔叔一直笑，我也咧嘴回應，露出上下排缺了乳牙的洞穴。我毫不懷疑，他就是叔叔。

我如實告知年紀、就讀學校，他隨意問起家裡金錢收放位置，我如房屋仲介商一一介紹房間格局，他拉拉每個鎖緊的抽屜、衣櫃、翻動桌面，又續問家中有無珍貴東西？我連忙拿出餅乾盒，平時父母太忙，姊姊又嫌我煩，從未有人耐心聽我說話。

盒裡是來自姊姊的二手文具、玩偶、彈珠、尪仔標……，叔叔摸摸我的臉頰及短髮，聽我講述這些玩具的玩法與歷史，隨著我的音調起伏，叔叔的手游移在我的髮、額頭、雙頰，這著實干擾我說話，但他是「叔叔」，不能不禮貌；他又給了些糖果，我嘴裡吃著甜，唏瀝呼嚕接續說著學校上課及在家沒人陪伴的孤單。「那我改天來陪你好不好？」叔叔保證，但他有事要辦，得先走了。

我們下樓到客廳玄關處，他轉身拉拉大門右側、牢牢鎖著的鐵櫃，每天看慣了的櫃子老實地待著，如今因拉扯不開的抽屜有了一股神祕。我抱著娃娃，在門口揮手再見，直到他的淺棕色褲管漸漸淡出，我嘴裡的甜味仍久久不散。

不知過了多久，糖果尚未舔完，父親陣風般地出現在二樓書房，不同於他平時的沉穩，那一刻腳步乒乓，問話震天價響：「誰來過家裡？廚房的鐵窗怎麼被剪斷撬開？」

我一愣，那叔叔不是親叔叔？對我的友善，不是因為彼此有血脈關係，他⋯⋯是小偷？同一隻手，撬開鐵窗、拗斷鋼筋，又摸著我的髮、臉、發糖果？我喉中的甜湧上一股膩，彷彿聞到欄杆及鋸子的鐵鏽。

晚餐後，全家坐在沙發，父母商討隔天我放學後的照顧問題，擔心小偷會不會再度光臨？母親說這幾天宜蘭當地新聞報導，尚未抓到的小偷私闖民宅，屋主女兒人財兩失，那時我太小，母親得費力解釋成語中「人失」的意思及嚴重性，幸好下午的小偷沒做什麼。母親一面說，一面為客廳桌上的水果撒些梅子粉，也在我心中投下一粒粒石子，「我改天來陪你。」這句保證讓人驚恐，那位「叔叔」跟母親口述裡、犯下「人財兩失」罪刑的嫌犯重疊，小偷、歹念、狼爪……，我坐著的柔軟沙發是片深海，身體深陷其中，想發出快溺水的求救卻只能大口呼氣、死命抓著洋娃娃。

「萬一那天……」「好險當時……」這一切假設，都不像是假設。

＊

從那天起，白天我鸚鵡般對父母複述小偷的五官，那是一張深深的笑容，卻掛在模糊五官的臉上；夜裡我多夢，夢中鹹澀海水不斷嗆入嘴裡，一個刺耳聲音問道：「幾歲了？念哪裡啊？」那大手不斷變長、伸過來，我想大聲喊停，一張口海水便迅速灌入，再張口、手不斷揮拍……驚醒時，額頭被手碰觸的壓迫感仍在，背脊濕透，四周冷得令人打顫。

母親發覺我晚上抱著娃娃尖叫哭鬧，父親早晚接送我上下學，買昂貴巧克力糖安撫，我一聞到甜便反胃，糖果只能搪塞簡單小事。我們把小偷碰過的玩具全收到餅乾盒中蓋妥，封藏到倉庫裡，被撬開的鐵窗也重新焊接，一切似乎回到原狀。家人有默契地緘默此事，我把「叔叔」藏在心底的抽屜，用大鎖銬牢。但刻意遺忘，卻更深刻地鑿在記憶裡。

從那天起，除了家人，我不容易對人抱持信任，不習慣與人太親近，小學體育課有堂必須與人牽手的土風舞，是我最頭痛的課程，皮膚的記憶力著實驚人啊，這與人觸碰的排斥感，也成了日後與人交往的金鐘罩。曾試圖飲酒放鬆，紓緩肌膚被碰觸的疙瘩感，花極長時間與自己及諮商師對話。發現那位偽裝成親叔叔的小偷和新聞上的惡狼竊賊身影重疊，延伸出內心對初識之人的不安，這影響不知不覺滲入我的深層神經，那是酒精與諮商都無法抵達的峽谷。

*

「媽，綠燈了！」往事絆住雙腳，我忘了此刻正在駕駛，得快踩油門，離開猛按喇叭的現場，卻離不開對周遭安全的忐忑及疑慮。

女兒的電梯事件當晚，我吸一口氣，安慰自己別慌，我是大人了，搭著女兒肩頭的手心卻微微出汗。我教導女兒：對陌生人要提高警覺。女兒較陽剛氣，從小喜歡收集車子模型、著褲裝、打球，常把美國隊長面罩套在頭上，盾牌放置胸前，睜大雙眼問：「媽媽，你在怕什麼？」

我輕描淡寫含糊帶過，只說小時常夢到陌生男子闖入自家，當時家裡只有我一個人，女生力弱，我叮囑女兒要懂得保護自己。女兒口中含糖，右手拿著圓形盾牌遮住我倆，硬厚的玩具鋼盔輕撞彼此的額頭，豪氣地拍拍胸脯保證，「媽媽，我會保護你。」

鏡像字女孩

女兒把玩具球丟向客廳左邊，撿回，再丟回右邊，看似隨興的遊戲，卻飽含刻意的目的。七、八歲左右的她，書寫時經常處在顛倒世界，英文字母b、p誤成d、q，「陪伴」寫成「部件」、「3」成了「ε」。從顛倒回到現實是常被罰寫，處罰非但沒有達到效果，反而造成她畏懼並逃避寫字。

女兒慣用左手，她的同學總覺得好奇、特別，我安慰女兒順應天性，棒球場上，左撇子投手常讓對手摸不著球路，賽局結果因而逆轉。較不便的是書法課，女兒的左手袖子常沾到墨跡，毛筆字往往變成一式兩份了。她的宣紙上有些字體仍左右顛倒，同學們戲謔，女兒交出去的作業應該是袖子，因為衣服印上的字反而正確。

現在先進世代看待與常人不同的孩子，不應是如喝水呼吸般稀鬆平常嗎？我是六年級生，小時一度用左手吃飯，被姨婆嫌怎麼有這種壞手？過年時在圓桌圍爐，親戚叨唸我左手持筷，會和別人的右手碰撞。慣用左手是「瑕疵」，那是我們那個年代的曾經了，怎麼如今仍在？

老師私下訪談，說有些孩子是「鏡像字」書寫，因為小孩視覺空間發展尚未成熟，加上女兒傾向左撇子，慣用方向與常人相反，字體常寫成鏡子照映的模樣，要從日常多做左右、上下方位的辨別訓練。我開導女兒，把寫字當成刻字，不要急，雕刻比書寫更需要深思熟慮，想清楚筆劃再下筆。我常一邊唸筆劃，一邊示範，慢慢教導正確筆順。

從此，帶女兒踏青，是遊玩，也是遊「學」；以前看到池塘，立刻拍張合影，現在是將方向帶入生活：「魚往左游」、「葉子往下落」。女兒觀察萬物移動，我觀察女兒對方位的辨識。

有次去海邊玩沙，女兒臉頰沾黏汙泥，盯著沙地上噗噗冒出的招潮蟹發愣，原來她發現螃蟹前方兩隻螯常是不對稱，「左螯大一點的是左撇子蟹，表示牠習慣用左螯剪東西；右撇子蟹的右螯會大一些。」女兒的回答讓我心中一凜，她不單是分辨左右，已在思索慣用與否的問題。我想到出遊前，買了許多女兒喜歡的海洋生物百科全書教導她方位的觀念，文中介紹比目魚年幼時，雙眼是對稱分布；長大後，有些眼睛同在左側，有些則同在右側。對於大自然，我們是如大海般地包容，對於人類，心卻只能裝在小罐容器中。

想起母親曾開導我，養孩子有時要慢速，耐心陪伴等待就好。母親對外孫女的顛倒書寫做了許多功課，她舉例，達文西與《愛麗絲夢遊仙境》的作者路易斯・卡羅（Lewis Carroll），也常寫出相反字。

耐心陪伴真不容易，女兒學校的英文課是每學期依成績考核，重新評估能力給予升降級，鏡像字英文書寫讓女兒在學習路上備感挫折，我警戒自己不可重視分數，但女兒似乎動搖了自信，許多價值的平衡點，我們尚在拿捏。

我們看著招潮蟹，那時正值退潮，沙地上一個個小洞，許多褐色背甲上雜有深色網狀花紋的蟹從穴中爬出。有隻蟹，左方大螯明顯比右螯巨碩，掌節密布橘紅疣狀顆粒，白色前端指節，招搖地在身體前方擺動，形似演奏小提琴，牠用另一邊小螯抓取細沙倒往身上。我打開相機錄影，鏡頭中，女兒笑得吱吱咯咯，學著橫行姿勢，小步小步地踏併、踏併……

剪甲記事

那天，我微顫地拿起剪刀，回過神時，兒子指肉上的鮮紅血印，讓我的瞳孔不斷放大……

兒子四個月大時，手舞腳踢開始學翻身，常翻越四周設下的枕頭山保護線，我得像時針分針，將兒子當成時鐘軸心隨之轉動。有次我發現他臉上增添多道血痕，是指甲掃過的印記，也許嬰兒痛覺神經傳導較慢，臉受傷了依然繼續亂抓，我幫兒子雙手戴上的棉套，沒多久便被他揮落，看著他臉上被自己的指甲刮掃留下紅印，我有點不忍。

我罹患甲狀腺低下，情況若不穩，拿剪刀、針線等精細動作手會顫抖，因此為女兒、兒子剪指甲一事便交由先生負責。那天先生在海外出差、女兒睡婆婆家，無人幫忙架住這位不停揮拳的小戰士，眼看兒子臉上又多了印記，我只好熬到他沉睡，才鼓足勇氣拿起剪刀。

睡著的兒子仍拳頭緊握保持警覺，我跪坐床沿旋開小燈，將他的手臂固定在我右方脅下，察覺自己指尖輕微發顫，我祈禱兒子別醒來。拿著剪刀，我輕柔地「嚓」一聲，剪下新月般的甲片，再檢查兒子甲緣有無方角尖刺，漸漸地，我的手穩了下來。

我挪到另一側，正要動剪刀，突然一聲嚎啕，兒子雙手力揮，納悶中，我瞥見他右手五根指尖被血染紅，嬰兒裝上也紅點斑斑，這才恍悟剪到他的指尖肉了。

我快速抱起他，狂按鄰居門鈴，隔壁阿姨有帶孫經驗，忙用棉球壓住指尖止血，以棉花棒沾消毒軟膏清理傷口，指頭再用紗布根根綑綁。

那晚，我們睡得都不安穩，恍惚中，我不知何時入眠，夢中兒子手指沾血，我被哭喊驚醒，哭聲由夢境跨越現實，身旁的兒子邊哭邊揮掌，手上包綑傷口的紗布格紋彷彿朝我撲來一面網。

兒子手指傷口過了幾天就漸漸癒合，接下來只需貼上防水ＯＫ繃。此後修剪兒子指甲一事，全交由先生幫忙。有次家人不在，上了小學的兒子因隔天學校衛生檢查，央求我幫忙剪指甲，我結巴地說起這段往事時，兒子大叫說我粗心，更加深我的愧疚。

兒子漸大，先生說得訓練孩子自己剪指甲。某天中午，先生翻閱葡萄牙繪本作家安娜．奧姆的書《我不想剪指甲》，用圖畫故事化解兒子的緊張，耐心地教導：「扳開剪刀，看好適當距離，往下一按就行了。」兒子安靜不動，緊盯剪刀的神情，彷彿眼前張開的是野獸尖齒。兒子緩緩拿起剪刀，我心狂跳，正擔心他會剪傷指肉，先生鼓勵，倘若成功了，就送兒子喜歡的海賊王公仔。

女兒則在一旁唸學校老師教的剪指甲口訣，教弟弟步驟：「先兩邊，次中間，最後去餘尖……」「喀嚓」一聲，女兒和兒子轉頭對我大喊「成功了」，本以為剪指甲的劇本沒有我的位置，他們仨卻讓我參與了。

兒子小一時，有天我右手扭傷，提、拉、剪、轉等動作全使不上力，左手指甲斷了一小截，正不知如何修剪，兒子軟嫩童音傳來「我幫你」，他坐在矮凳上，拿起剪刀熱情地想幫忙，我擔心自己會受傷，幾度欲縮回，他拍拍胸脯保證雙手靈巧，不會讓我受傷。

看著他低頭專注的神情，我想到書房抽屜裡的透明夾鍊袋，裝著兒子指肉受傷的那天、我幫他剪下的彎彎新月，原本指甲帶點透明亮度，現在已乾縮灰褐。因我的不慎而受傷的兒子，現在卻反過來照顧我，看著他如今完好方正的指甲，在室內燈光下閃著釉彩般的亮澤，我的心也染上新月的光暈。

陪他呼吸

兒子一歲半前還不會說話，季節交替時經常咳嗽吐奶，張大嘴巴發出咻咻喘鳴。我以為是感冒，直到兒子的唇由紅轉紫，我才驚覺要緊急送醫。他小小的身軀蜷縮在輪椅上，不時地弓背劇咳，我和先生急推輪椅，內心慌張不安。X光片報告，兒子的肺泡被膿痰堵塞，細瘦氣管無法咳痰，口鼻也吸不到空氣。我忽略了兒子張大的口是在求救，多希望下個瞬間他就會語出成串，讓我明白痛在哪裡。

住院期間，兒子每三小時就得戴蒸氣罩，白嫩臉蛋常留有紅記。化痰藥在升騰熱氣中進入口鼻。有時他吸得太急，濁黃膿痰隨著劇咳狂吐，衣服被單全是腥穢汁液。診間蒸氣氤氳，也濡濕了我的眼。

「慢吸——慢吐——」，我和先生大動作示範，誇張聳肩、鼻子用力上提，教不會言語的兒子如何吸氣；再用力放鬆肩頸吐氣。「吸」、「吐」成了兒子繼「爸」、「媽」之後，會說的單字。

出院回家，兒子早晚飯後都得口服類固醇。由於慈濟醫院病患過多，每次就診都耗時半天，我們改到家裡附近的耀程及健全小兒科診所持續追蹤。醫生叮嚀臥房、書房、餐廳必須各備一支氣管擴張劑，「隨手就拿得到」是醫生叮囑的保命良方。每天必須完成的功課是得吸蒸氣化痰，睡前拍背按摩，每個月，要回診拿慢性病藥。我們的時間是用回診與按摩、化痰，當成時針、分針。

每晚一聽到兒子夜咳，我和先生便趕緊起床找噴劑。先生的工作無法常常臨時請假，有次兒子氣喘住院，我緊急拜託公婆隔天幫忙看顧，半夜趕忙處理自己的請假事宜及工作交接。我常在醫院、公婆家、自家三地跑，我、先生及女兒幾乎沒有時間體會家中多了一個新成員的喜悅。女兒常抱怨，有了弟弟，我都忽略了她的存在，她常怪罪她弟是瓜分父母之愛的外來者，埋怨完，隔天又吵著一起去醫院探病，女兒會輕拍她弟的背，輕聲教弟弟吸吐。當弟弟沉睡後，先生再與我換班，回家我教完女兒功課，安撫她的心情，等她上床，世界才安靜下來。在寧靜的書房裡，我趕工打著隔天上班要用的資料。

兒子氣喘發作時除了劇咳，還會狂吐，衣服套套換洗，地板次次擦拭，幼稚園同學們看見他都會掩鼻。有次兒子因劇烈跑步引發痙攣乾咳、嘔吐，整個人伏身在地。兒子害怕被指點，恐懼上學，我也試了許多偏方，按摩、氣功、針灸、草藥，後來加了運動項目——游泳。我最常對兒子說的話是「慢吸——慢吐——」，但氣喘來得又洶又急時，他迫切想吸到空氣，根本慢不得。

兒子忍痛捨棄喜歡的絨毛玩偶，我勤洗被單床套及冷熱暖器出風口。怕冷風引發哮喘，兒子長年穿著長袖長褲，忍受大熱天的不適，戒除一切冰品冷飲。終於，他的病情到小一時漸漸控制住，慢慢地，他會在喘咳時，改到廁所解決，會自動開啟噴霧蒸鼻器，學會熟練地按壓氣管擴張劑。

那天，兒子和我同事的小女兒在家中玩樂高。這個小女生也是嚴重氣喘病患，玩著玩著突然劇咳，咳到哭了起來。如同睡前我拍著兒子，兒子也輕拍小女生的背，安撫：「要慢慢吸，慢慢吐。」我打開噴霧器，蒸氣緩緩升騰，兒子說起生病時我同他講過的故事：氣喘孩子的體內都沉睡著無數隻美麗的蝴蝶，我們要緩慢溫柔地吸氣，讓空氣輕聲地和蝴蝶打招呼，喚醒牠們，然後讓美麗的蝴蝶款款地飛出去看看外面的世界……

陪伴

書房內，多排書籍擺列整齊，兒子不愛這狹小空間內帶著森嚴氣氛的壓迫感，常在餐桌用功。邊寫功課邊說趣聞是我倆的日常，純真如童話。

那年，我接下教學計畫，教案寫作不順，兒子的說話常讓我岔神，企畫寫得殘行斷句，電腦游標閃得令人慌亂。「媽媽進書房工作好不好？」我指著餐廳隔壁的書房，兒子連連搖頭，我強壓下愧疚安撫他，工作地方只是轉移到隔壁，有事出聲，我立刻會出現。由於幼稚園大班的課後作業極少，我便播放巧虎影片，企圖用卡通吸引兒子的目光。

但兒子每分鐘都來敲門，說渴了、生字不會，分身乏術的我只能狠心地讓兒子自行處理困難。兒子的招數一項項失靈，只能無奈地踱回餐桌玩樂高。兩小時後房門打開，他衝上前抱我，大喊「媽咪」，喊得我心疼。

關門理公務是一種掙扎，我常側耳傾聽門板外孩子喝水、翻動書頁的聲響；偶爾門外靜悄悄的，我心慌開門，書房燈光微照到餐廳的地板，只見兒子抱著玩偶講話。他轉頭大叫：「結束了？」聲音、眼神瞬間發亮，我掩上房門及歉疚，請他繼續和玩偶角色扮演。

日子在門的內外靜靜流動。由於兒子的英文老師規定英文發音必須每天以手機錄音，上傳給老師，我只教兩遍手機功能，兒子便嫻熟。隔著一扇門我們各自用功，他不再常喊媽媽，我開始聽到門外兒子語調上揚喊著「Siri」（手機的人工智慧軟體）。

——Siri下次幫我寫作業。

——我的終端服務不包括這項，而且我很忙。

——Siri你現在在幹麼？

——我在工作，我還要工作六十萬四千九百七十八年。

——你和媽媽一樣忙。

對話的末句，讓原本想制止他玩手機的我噤聲。回想前幾天搭計程車接兒子放學，輔導他被同學潑到水，憤而推人、被老師處罰的事件；我思索如何問話，想以擁抱當發語詞，兒子不像以前親密地對我張開雙臂，反而側身在起霧車窗上畫著線條，我摟他入懷，懷中人兒掙扎：「這樣很不舒服。」窗外景色灰濛，草木建物都籠罩在水霧中，包括我的心情。

我吞下對兒子玩手機的斥責，陪他錄英文發音，想問推人事件的後續發展，也期待他喚我，說英文作業這題不會、那頁不懂。兒子已在門後建立自己的小宇宙，生難字詞主動用手機搜尋，我想出聲教導，他淡淡地說手機都查得到，這才意識到近一年來，我最盡責的只是在聯絡本上簽名。

我問起學校生活，兒子只回應「嗯」，他靜默著，我卻詞窮。不久，他又按著手機圓鈕喊了聲「Siri」。

——聖誕老公公今年會來家裡嗎？

——聽說只有睡著時才來。

——Siri我好無聊，你能不能陪我玩？

——有聊、無聊都是一天，而且我一直都在陪你啊。

我們兩個待在餐廳，但更像三個人，兒子與手機說話的專注模樣，彷彿Siri是真正的人。

學琴

女兒小時候肉乎乎的手指形似甜不辣，十歲左右竟修長白皙，配上橢圓、大小弧度色澤甚為晶瑩的指甲，我常有「手這麼美，最適合彈琴」的想法。尚未正式接觸琴鍵的她，會戲謔地敲擊家中的玩具鋼琴，不成調的叮咚聲，令我想起自己小學時音樂教室前方的那台鋼琴。

小學五年級時，只在洗澡間唱過歌的我竟然被分到了音樂班。初次踏進音樂教室，黑板正前方立著一台平台型鋼琴，常常，陽光從窗口照進，墨色琴蓋彷彿鑲上金箔。多美麗啊，如果我的手指能在琴鍵上彈奏……

母親語帶愧疚：「要養三個孩子……」她搖了搖頭，黑白鍵交錯的鋼琴對我而言，像是一道遙不可親的天梯。

每天早自習練唱，極羨慕伴奏同學，她是我們練唱時的命令者與指揮者，她的手敲下琴鍵，就敲醒了教室內每一天的早晨；我們發的音，得走到彈琴者按下的那個音準。一個教室，一坐一站，就標記著兩種不同身分與階級，彈琴的女孩像是被賦予綁公主頭、穿蓬裙的特權，當我們在炎熱教室外練習拉筋、跑步、訓練肺活量時，那位伴奏女生永遠一派乾爽地坐在教室練琴。

如果我也會彈琴……，我的表情，任何人看了，都知道那代表夢想、翻身、一種特權、一則我也是公主的童話。

我成家後，懷孕時得知是個女娃，嬰兒玩具清單裡就列了一項：「鋼琴」，這並非性別刻板印象，而是圓小時的夢，我開始想像女兒纖長手指在琴鍵上叮咚彈奏。女兒大一點後，我常藉故帶她經過YAMAHA鋼琴教室，她和我小時一樣，常趴在玻璃門上看人彈奏，回家後，她搬了張矮凳，擺本筆記本當琴譜，胡亂按著玩具琴鍵。她的彈，在我眼裡是天分、天賦的徵兆，這讓我想起小時班上那位穿著蓬裙、有一頭烏亮長髮，端坐在琴身前的嫻靜背影。

但女兒太皮了，雖然不再胡亂揮舞手腳，但說話、走路、甚至微笑，都乒乒乓乓的，難有安靜，我也希望藉著鋼琴增加她的定性。被迫坐在琴椅上的她是不耐與不悅。鋼琴老師鼓勵女兒，再過一陣子會彈曲子了，就會愛上鋼琴。這個「一陣子」持續了好幾個月。女兒未必磨出定性，卻考驗著我的耐性。母女倆衝突不斷，得盯著她，家中才會響起琴聲，一轉頭，她便離座去玩扯鈴。老師要測驗樂理，她口中盡是「大鵬展翅」、「金雞獨立」的扯鈴招式。

陪伴學琴的這段時間，女兒的不耐與反抗，累積了我對她不知惜福的不滿：「小時候我想學琴都沒法學呢。」練琴，在我這外行人看來，就是勤練功，先練好左手和弦指法，再練右手旋律，然後兩手指法再和諧搭配，眼睛要專心盯著樂譜。我在一旁看老師示範，除了手指飛快彈奏外，腳也沒閒著，右腳熟練地駕馭鋼琴底座的三支踏板，創造更多的變化聲。

練功夫，得由蹲馬步來紮實基本功，練琴也是。我叮嚀女兒，每天都要抽空彈個半小時，琴藝才不會生疏。「媽，你真像節拍器，拍子最準確了，你都不會故障嗎？」

女兒常視我為她生活中的節拍器，滴答規律地叨唸，我則狐疑，怎麼半年來的學琴課，她的節拍節奏仍拿捏不準？「媽，你是鋼琴的白鍵，是基本音，像規矩的人穩當地一步步行走；我是黑鍵，是跳躍的半音，用來彈奏升降的。」才十歲的她，口才辯給地企圖用樂理說服我：她不適合端坐的音樂。

學期末，女兒學校同樂會，每人都得表演一項節目，調查時，女兒班上儼然是個小型才藝班，同學們表演的項目有鋼琴、小提琴、長笛、豎琴、古箏……女兒在表單上、自己的名字旁寫下：「扯鈴」。

表演當天，女兒被飛躍的扯鈴撞到左手，指節腫大瘀青。醫師針灸推拿抹藥後，用紗布一圈圈將手掌繞得腫胖，我心疼也生氣，勸她何不選擇靜態的才藝，例如鋼琴。「媽，我只喜歡扯鈴。」看著女兒手上怵目的紗布及臉上表情，我想著關於夢想的事。

*

女兒復健的那段日子，從未掀開琴蓋。先生時時與我長談：女兒練扯鈴時的眼神是多彩，是微笑的，扯鈴於她是伙伴，是遊戲搭檔，運鈴時嗡嗡的響鳴，鈴在女兒指尖、雙腿間、腰側跳上躍下，有股力與美的律動；但彈琴時，女兒本來黑白分明的眼珠中，映入的是工整黑白鍵，她得坐挺，手腳安放，一架鋼琴霸占房間不算小的空間，卻在女兒心中不占任何重量。我想起女兒對鋼琴的諸多抱怨，她曾說琴鍵像斑馬線，彈奏時，手指像在過馬路，得小心拘謹，也像監獄直直的欄杆，鎖住她、鎖住了自由的心。

彈琴是我的夢想，卻是女兒的牢籠。我多想學琴啊，想通過鋼琴檢定，成為班上唯一坐著、為大家伴奏的主角，如今卻只能像靜靜闔上的琴蓋，闔上幼年時的夢了。

天輪之樂

女兒十歲時，我工作量繁重，先生常到海外出差，那天，母親和朋友外出，我只好拜託北上的父親幫忙看顧一雙兒女，我到附近的咖啡店趕工作的教學教案。

我錯估了父親的育兒能力。告狀一向是女兒的專長，她抱怨弟弟吃衛生紙，破壞家具，穿大人皮鞋。我的處理方式一向是大事急辦、小事暫忘。那天，電話彼端的主訴者換成了父親，大小事在他心中，都是急事。

我在咖啡店苦思教案的簡報如何有個吸睛的命名，也不時分神在話筒中對父親下指導棋。

結果，指揮官換成了父親。拜託他當「一日保母」，反成了「管家」。話筒彼端的話題讓人身心疲勞啊，父親嫌小孩髮長、外孫女太瘦、外孫太胖，抱怨家裡堆放的零食太甜、水果太不甜……兩小時後，我才打了幾行簡報，父親來電問，何時要回來接手？

在流瀉古典樂的咖啡店，我沒空品嚐它的優雅氣氛，收好筆電，帶著微微的不耐回家，頗後悔找錯了幫手。一進門，鞋櫃裡、外出的皮鞋散落一地，兒子化身為蜈蚣，父親擋不住外孫的試履記，我看見兒子尿布濕得垮垂，流理檯杯盤碗筷散亂堆放，女兒在房內叫著，電腦當機了，外公用壞的。見我到來，女兒發揮告狀本領，「外公都不陪我們玩，一直說要回鄉下。」

內心嘆氣父親在幫倒忙，忽然瞥見父親手肘有道紅腫印記，他想熱湯，不小心被鍋子燙傷，他不熟悉我家廚具。年輕時的他茶飯只需伸手張口，家裡的吃食多是由母親扛起。父親手裡多半拿什麼呢？印象中是電視遙控器或籐條，現在年已古稀的他也沒體力打罵了。

父親不擅長育兒，小時母親太晚下班，他就帶我們胡亂吃罐頭、豬油醬油拌飯，肚子餓，就泡杯麵茶。我從小發育不良，父親對外的口吻是，女孩子瘦點好，我前額瀏海長到遮住眼睛，才被拎去理髮店裡修剪。

以為將我和姊弟帶大的父親，對看顧孩子得心應手，那天一老兩小共處兩小時，我家裡彷彿戰爭現場，到處是模型、繪本的殘骸。

我打掃時，聽到女兒在廚房嚷嚷想吃巧克力，轉頭瞥見嗜甜的父親像麻將莊家，將糖果全抱到沙發上，一塊塊地平均發放，接著讚嘆糖果包裝精緻，再拆封、品嚐，用兩手護著糖果，生怕被兩位外孫搶走，他們祖孫吃著糖，各自炫耀喜悅與滿足，倘若糖果少了一塊，父親便懷疑兩位孫子是內賊。我小時候，父親可是斥責這些零食是一級毒品。接著吃糖的父親在餐桌陪孫兒玩撲克牌比大小，父親只會玩數字比較，牌、麻將、骰子對他而言都是天書。

我在父親身上看到了時間的延續，也看到時間的逆行，他成了老小孩，會搶食，玩比數大小，輸了就生氣。我家餐廳有扇任意門嗎？讓父親回到了孩子氣歲月。雖然他髮已白，臉上皺紋密麻如織。

過一會兒，父親覺得孩子吵，想回家，我載父親到車站，「再來玩哦。」女兒口出邀請帖，父親搖頭拒絕，說帶一個小孩老五歲。

幾個月後，好不容易說服父親北上同遊。一路上，父親覺得外孫們太吵，打擾了清靜的退休生活，陪小孩，已不是年老生活的選項。我們一起到大直坐摩天輪，父親驚奇地看著一格格往上升的車廂，看著房子漸漸縮如火柴盒。女兒說，外公很少陪他們，這樣都沒有享受到天倫之樂。父親福至心靈回答，「我現在就在享受『天輪之樂』了。」

午餐約會

女兒就讀私校國中，天天忙著寫卷、考試、訂正，只有週日，我們才有機會悠閒聚餐。她國一上學期某個週末傳了通簡訊，提及我的生日快到了，想去住家附近的早午餐店共度親子時光。

那陣子，女兒多了項英文檢定考，作業量又重又難，我也忙著教書、輔導學生。同住一室，彼此共處時間卻不多，每日交談只剩吃飽沒、晚安。倘若問及成績，那安靜的夜晚便會響起驚愕變奏曲，還夾帶風雨、雷聲。

難得女兒邀約吃飯。

有太多的話想問想說，我興奮地起了個大早，翻閱女兒小時的相片：在宜蘭小鎮騎單車、互挖彼此的刨冰、仙跡岩上抓蜥蜴、陽明山上採海芋……，女兒呆萌又精怪的表情有掩不住的真，接著我一篇篇點擊女兒上國中後申請的ＩＧ，青春期的她身形拉高，臉龐由圓潤變狹長，削瘦臉蛋少了純真多了倔強，拉長的身子在稚氣中混雜了成熟，埋首苦讀的雙眉竟習慣性地皺起，慧黠眼神，仍是最引人注目的燦爛星子。

小時我常對女兒親臉擁抱，這種沒有距離的親密動作，是親人間最能表達愛的方式，即使女兒常說噁心、撇嘴推開，但比起語言文字，肢體接觸更能表露我對她的感情。

我們提早到達聚餐地點，女兒談起與同學相處的事情、英檢的艱辛及喜歡的偶像明星。我們互聊近況，身為媽媽的我，此刻竟然有點拘謹。女兒忽地拿起我的咖啡直接品嚐，直說好喝，在家裡，我們規定咖啡是發育期孩子的違禁飲料，轉念想著，難得出來聚會，就別計較吧。

接著女兒把自己點的濃湯挪至我面前。食物的分享，催化彼此心事的互傳，我們看著手機裡往昔的合影，時間走在當下，我們卻一直回顧從前。

忽然女兒手機傳來幾聲叮咚，她一面打卡、自拍，拍攝盤中鮮嫩的歐姆蛋及香濃的起司烤雞，接著與同學們互傳照片。一來一往的ＩＧ交流中，我默默看著桌上菜單，聽店內流瀉的音樂。

不要玩手機了，我發出無聲的抗議，想像女兒的回答必定是「再等一下」「快好了」。女兒在我伸手可及的對面，但她的心，卻繫在小小的螢幕上。

女兒右手忙於回訊，左手拿起黑胡椒罐隨意倒撒。瞬間，時鐘的分秒針停擺了，她誤拿瓶罐，數十根牙籤掉落在桌面、地板及金黃嫩蛋上。

回程時，我們邊笑邊回味地談及細緻光滑、均勻澄澈的「金黃刺蝟歐姆蛋」。女兒說下次還想再來，因為食材內的蘑菇、火腿、乳酪餡料比蛋還多。我潑了她一臉冷水，請她下次和手機聚餐。女兒不以為忤，賊頭賊腦地挨近我：「來一場特別的午餐約會，給你特製的刺蝟蛋哦。」

不會台語的她，根本沒聽到收拾殘局的老闆娘，口中一直抱怨「討債討債」。

鉤動

我的衣櫃把手常掛著一領淺灰間雜的青綠圍巾，兩端穿縫著同色流蘇。這是女兒國中時家政課作業，快垂到地板的流蘇，乍看下彷彿是垂掛的灰綠珠簾。

秋冬時，我常披上這條圍巾，若返回氣候濕冷的宜蘭老家，它更是不可或缺的保暖品。它輕柔卻暖如大衣，也像是一封給我的道歉信。那時青春期的女兒常常渾身是刺，我被螫得全身不適。

女兒個性依賴但有主見，她升國中那年，自行報考兩間私立學校。一間正常教學，另一間極度升學導向。不顧全家反對，她選擇了後者，理由只是童稚的天真——不想和好友分開。女兒臉上寫著執著，與我相似的五官，卻常做出與我希望全然不同的決定。青春時期的女兒如花草般向陽生長，我竟沒注意這葉緣是鋸齒形狀。

我也曾如此與父母對峙，並且堅信自己會贏。我潛伏的叛逆，必會一而再地在餐桌上、客廳間，在關於分數、志向、未來與愛情上，和父母衝撞了。外人只見我水漾的微笑，與坐在那兒靜靜如山，只有父母看見我內在的波濤及山稜線，父母朝我走來、涉水攀爬的過程顛簸艱辛，我只假裝沒看見。

如今，換我要面對青春期的女兒了，看著她滿臉的倔，依稀可以辨識我曾經的執拗。擔任教職時，我每年也都在面對一張張像女兒一樣青春叛逆的臉龐。中學孩子是永不停止的雨季，淹漶之外仍是淹漶。身為教者的我看似給予學生方向，實則要時時探測這些水流的急緩與溫度。現在，女兒加入漫漶水流中這一道水，最明顯也最暗沉，還常有波濤暗流，我幾乎快滅頂，我也只能以誠實的樣貌，接受自己做不來完美母親的典範。

渡過女兒這片深水、這座山的過程不太順遂，水時有阻力，山頭好高好遠，但也只能努力向前。我身兼教者與母親，對教導孩子卻茫然尋路，只能四處問問女兒的導師、長輩、朋友，大家的安慰勸說不外乎是兒孫自有兒孫福，是孩子自己選擇的未來，即使受挫，也會勇敢面對。

我沒料到需要勇敢面對的人，也包括我。

數學不佳的女兒，在那間升學掛帥的私立中學竟被分到數理資優班。暑期輔導第一週，新鮮的學校、有趣的同學、貌似周遭給予成熟的溢美詞彙，我們忽視了十三歲孩子間悄悄蔓延的較勁力。

上學第三週開始，女兒晚餐飯後便和作業考卷奮戰到子夜，我只好在旁鉤點毛線，聽她抱怨一天上四小時數學課的壓力與無聊。

鉤毛線技法是我國中時家政老師教授的。起針之後，兩根棒針數口訣般地反覆「上針下針」織疊穿鉤。我想像家人全都圍上自己親織的成品，內心直閃著興奮自豪。國中時，有陣子我沉迷織毛線，在針針的鉤動中將線密密接合，但更加拉開我與母親本來就不近的距離，她天天叨唸讀書最重要，針織只是女工粗活。交織在柔暖毛線的四周，是我和母親間的衝突。

母親曾當過幾年護士，因不堪輪值大小夜班的顛倒作息，轉行報考行政公職。

她總認為握筆的手才是後半輩子無憂的證明。同樣長形的針筒、棒針，只是標記上「粗活」的身分。

有天，數學老師震怒地打電話給母親，原因是我在課堂上織毛線。當晚，母親撤掉晚餐，罰我下跪，我也固執地不吭氣。我實在太討厭數學了，一列列公式演算、一個個沒有溫度的數字，均不及一團毛絨絨沒有章法的織線帶來的溫暖。

「念書不是唯一，你不能尊重我的興趣嗎？」我倔強的脾氣傷了母親。她衝動地拿出剪刀，喀嚓一聲，剪斷我已經織了一半長度的圍巾，我沒有哭，只是斜睨，表達對母親的不滿。幾週後，我早已忘了怒氣，但道歉一詞沉睡在咽喉中不願甦醒。某天回家，我看到書桌上躺著一雙棒針及殘破的圍巾，我拆掉圍巾的斷線，打結後重新起針，另鉤一段織品，讓線慢慢再鉤出親子間的情感長度。

我當了母親後，點閱網路影片，才知鉤織毛線已由原本複雜的雙棒針，簡化到只需運用釘板交錯編織，但仍是不改紋路的美麗細緻。我一格格上下交織，聽著一旁用功的女兒對學校的埋怨，如課堂上數學基礎題得自學，老師只教難度極高的

PISA測驗，每週小考成績冷酷地列出排名，退步幾名就不能下課……。我愈聽愈怒，不時拆解手中一直繞錯的鉤線，因分心而讓毛線球掉落在地。滾得老遠的長毛線像是我的擔心，也像女兒的成長，時而順順地滾遠，時而拐彎打個大結，讓我得花心思梳理。

鉤毛線的進度龜速般爬行。因為我常得放下鉤針釘板，教導女兒我自己也不拿手的數學。我們在數字計算中減掉彼此的耐性。卷子上密密麻麻的訂正、紅筆批閱的圈叉，一題題在削減女兒入學時的樂觀及我對她的信心。

一天晚上，我耐著性子教導解題。女兒用力甩筆，吼著想睡覺，想直接抄答案就好，我提高嗓音，指正她錯誤的讀書方式。真難相信此刻吼叫，同出自於小時常常吻我的小巧嘴唇。一張三十題只答對五題的數學考卷，將親子間的包容也打了不及格的分數。

「我們轉學吧！」我勸女兒。但硬脾氣的她不肯承認不適應。與我極相似的眼神在那一刻流露出受傷，是訝異著我這血脈直承的媽媽，竟否定了她的努力，女兒也擔心同學原本投射在她身上的光，會因轉學而變暗。

「碰到事情不要逃避，媽，你不是這樣教我嗎？」

她沮喪地回房，我的心揪得好緊，想起我國中時和母親嘔氣的圍巾事件，我不是最擅長表現倔強而無所謂的模樣嗎？

家裡因女兒不想轉學而天天冷戰，有幾天靜得連咳嗽聲都顯得尷尬。以前我常因吵雜聲睡不著覺，如今四周悄然，只聽見呼吸聲，我竟然因為過分安靜而失眠。

無眠的夜，我只好拿著釘板，交錯繞著未完成的圍巾，一針一線想消磨內心無名的怒火、擔心及……歉疚吧？好幾次毛線不明地打結，愈拉扯，細毛就愈糾結。剪斷死結，好不容易鉤起的針線頭竟一格格地鬆開。我想送給女兒取暖的心意彷彿被拆掉了。如何接線？我也毫無頭緒，只得把它放在抽屜。

少了織毛線來排遣心情。每天，我只好看著女兒房間的燈泡熄與滅，常側耳傾聽她房內的所有動靜，聽她早上六點四十分開門上學。看與聽，成了那陣子的日常。

女兒還是依賴我的。有天，她艱難地喊聲媽，怯怯地訴苦說，期末考到了，導師宣布下課時間除了上廁所，一律不准離開教室。

我後悔自己的賭氣，竟然疏忽一週以來，孩子天天在擠滿四十五人的教室內，連續待上十二小時。

經由討論，我火速地辦理轉學。過程中母女倆像是闖關遊戲，每個關口，學校都派出處室主任擋駕。他們試圖和女兒單獨長談，分化我們的團結力。女兒隱在我身後，手指緊攫我的指縫，微微有些汗漬。彼此雙手的互扣，好像織毛線時的交錯鉤法。我們按按彼此的手掌，即使這次鉤法亂了，我也不會剪斷。

後來，女兒轉入一間女子教會學校，正常地上下學，作業仍是多，但女兒開心地談起體育課打球、家政分組、校外教學、話劇比賽……，這些活動在那間升學導向的私立中學，全部只有一種課程——數學。

前一陣子，女兒因家政課需要，向我拿了釘板及鉤針，我及時打住「上課別偷打毛線」的話語。她看著我的未成品，忽然說，「媽，你是不是太久沒織毛線了？鉤法全錯。期末作業，我織一條雙色圍巾給你。」她一面拆掉我打的亂結及鬆脫的線頭，一面搖頭諷刺我的家政分數鐵定不及格。

拆吧，拆掉我們的冤家結、傷害結。隨著一針針快垂到地上、已然快要完成的圍巾，我回望桌上的毛線，我和女兒、和母親，就像鉤線，繞著、鬆脫、打結、拆掉、再鉤回……

四十度的線

那天快到聖誕節了，天氣仍暖，原本已放棄肌力訓練的女兒，再度穿上黑色運動長T至操場報到。升上國三的她束起馬尾，瘦削身軀膚色略黑，手臂因長期重訓，練就漂亮的二頭肌。拉著單槓的她看似陽光少女，讓人忽略了裹在衣服下不正常扭曲的背脊。

陪伴女兒治療脊椎側彎已來到第五年。女兒小學六年級時，學校醫護檢查出她胸骨異常，須到大醫院做精密檢測。女兒進入放射室前緊拉我的手，一扇門隔開彼此，門內門外同樣忐忑。看到X光片，才知女兒的背脊悄悄地向右傾斜三十度，如此神鬼不知，因衣服遮掩，讓人覺察不出變化，我常以為她只是駝背，沒想到她的背彎得安靜，卻充滿語言，說明我的疏忽。我自責、愧疚，想起女兒一歲時剛學走路，跌個踤、撞到頭，我都心疼。她十歲時，央求自己洗澡，我明白少女初長的羞澀，未再仔細觀察她的身體。女兒不是我的圓心嗎？我真是有愧於「母親」這個身分。

自此，我和先生力矯她窩在沙發看書、滑手機的劣習。醫生建議每日進行「五分鐘拉槓訓練」，讓背骨有肌肉支撐，比較不易歪斜。女兒是選手，我和先生是教練，三個月後，她的肌耐力進步了，但脊椎卻更彎，像有一股暗黑，不停地把人吸了過去。

我們仍篤信每日的運動能抵抗脊椎的彎，常在附近小學操場或家裡進行「特訓」，依晴雨天，選擇戶外或室內。上國中的這兩年生長期，是增強背部肌力的關鍵時刻，期望能延緩女兒背脊側彎瀕臨四十度的開刀警戒線。女兒拉的那條鐵槓，也緊拉著我們全家的命運。

每天傍晚，女兒先吸口氣雙臂伸直，膝蓋略弓，踮腳一蹬，雙腳離地，掌心緊握單槓，身體前後擺盪。「十五、十六、十七、十八……」，我計算秒數，望著她的肩頭、背部因用力、凸起了美麗的線條，她細薄的手臂及腹臀相當有力，將身體穩健地上提五分鐘，中間並挑戰抬腿的進階版動作。

女兒的手臂開始微顫，她鼓腮閉眼、臉脹紅，吐氣又深吸，換氣速度愈見急促，使足全力，想將身體再往上拉。全身搖晃如風中抖葉，五官已扭曲變形，氣吐得濃重又急。時間在撐住她身體的這一刻走得很緩慢。

女兒咬牙，手臂因用力而青筋凸起。「要突破五分鐘了。」我和先生是女兒的啦啦隊。一旁常在此相遇、卻從未打過招呼的阿姨、小孩們驚嘆：「好厲害，是體操選手嗎？」我尚未回答，耳邊傳來女兒的重聲唉叫，她從單槓上落下，全身癱軟在地，掌心因緊握拉桿而紅腫，掌、指接連的掌丘已多處長繭。

日日對視的事物，久了也生膩。我們會在這項固定的「儀式」中偶爾脫軌。幾次到了操場，女兒只是坐在單槓前方草地，望向天空，享受一陣好風，聽著風吹過樹梢時綠葉的沙沙聲，我們互訴生活上的開心或抱怨。女兒喜歡在夏日傍晚拉槓，陽光烈得像正午，樹梢傳來蟬鳴，蔚藍天空點綴幾朵白雲，雲薄得幾乎透出底層藍光。單槓旁，榕樹如傘般遮蔽斜陽，枝枒間垂著絡絡長鬚，錯節樹根中，女兒拔了幾根三葉酢漿草，和我玩草莖拉勾遊戲。有次我問她，拉槓時在想什麼？「空白啊，只能望著天空，心有雜念是撐不久的。」我望向這間由綠草、紅跑道、青樹、黃色滑梯、藍天等大塊原色拼貼的美麗校園，我希望自己的思慮也能如此明淨。

失序幾日，女兒不安，擔心脊椎也會「失序」，又自動開啟重訓模式。診斷出病情的最初兩年，女兒常自卑地認為自己是馱著單邊外殼的龜，她多想卸下那重殼，像一般少女放學後經常與好友聚會談心、採買小飾品。她每天傍晚卻必須練肌力。我想，女兒是忍者龜，沒有刀叉戟棍飛鏢，不會功夫，只練就逆來順受的忍功。多希望女兒S形扭曲的背骨能拉直一點，哪怕只有拉正一度。我常對女兒喊著「再撐一下」，何嘗不是說給自己聽？

女兒國三時某次回診，脊椎竟跨過了四十度警戒線，如此地神鬼不知。醫生解釋，生長期孩子急速抽高，國三又有升學壓力，書包動輒五、六公斤，原本彎曲的椎骨會朝著歪斜方向順勢生長，如今彎骨已壓迫到女兒的肺，呼吸時會喘，醫生建議開刀，但肌力訓練仍不可廢，骨彎的角度愈大，手術風險愈高。

解說手術過程，宛如聆聽驚悚片音效，醫生的每一字是點燃的炮，炸得我和先生幾近耳鳴：用手持電鑽在一節節的椎根上打洞，在每個洞孔裝上鋼釘，用細長鋼條將鋼釘串連，再用槓桿原理扳正歪斜的骨頭。我們聽過太多失敗案例，脊椎是支撐全身的主架構，如房子骨架，椎骨中間包覆神經，前有動脈，開刀時一個疏忽，輕則大小便失禁，重則癱瘓。我真希望代女兒挨刀，怎奈疏忽的是我，受罰的卻是她？

女兒紅腫著雙眼走出診間，忍耐力高的她，破功了，說每日的訓練全是個屁，她認為自己像希臘神話中的薛西弗斯，無止盡地重覆拉槓、回診，石頭仍然滾落。薛西弗西是觸犯眾神而被處罰，她犯了何罪呢？平時看診完，為了沖淡不安，我們常去醫院附近女兒喜歡的壽司店用餐，以美食寬慰她煎熬的身心。那天看診結束，女兒全無胃口，我勸她喝點熱湯，結果她的配菜是哭泣，說不想再練單槓了，就開刀吧。長大的她，已不是小時用美食就能哄的孩子了，一碗熱湯，冷凝氣氛並沒有回溫。

家裡的低氣壓是回診後的餘波，娘家母親責怪我和先生對孩子坐臥姿勢的疏忽，我想找民俗整脊師傅，試試對一去不回的歪骨力挽狂瀾，卻遭到全家人反對，他們質疑民俗偏方有持科學證據嗎？但我總想何不試試？哪怕只有一丁點兒的改善。

女兒消沉近一個月，家裡單槓掛在門上，一度成了曬衣架。我極力隱藏心中焦慮，我得堅若磐石，才能穩住女兒內心快崩塌的城。我們不再提脊椎相關話題，訓練也暫停，那陣子女兒窩在沙發上癱成大字，滑手機，遠離碼錶數字，偽裝是個無憂少女；她入睡後，黑幕陪我到曙光乍亮；我找到許多病患推薦台中大理仁愛醫院神經外科名醫張國華醫生，聽說有「脊椎神醫」之譽，從醫近三十年，開刀一萬六千次，他的病人有些原本背部拱如圓球，有些下巴快貼近胸部，更多的是肩背歪斜，最後都能像正常人般直立；因病患眾多，我必須半年前先預約，然醫生卻罹患腦瘤突然離世，斷了我們一線希望。

兩週後，冬陽又出現，女兒換好長T，拉著全家人外出走走。我們重返操場，耳側傳來小孩們投籃觸地的聲音。女兒將手搭在頭頂上方的鐵槓，我正要計時，女兒回頭說，我們全家人是她精神上的單槓。

一個用力，她將身子拉了上去。我用力睜眼望天，怕一個眨眼，淚珠便滾落，眼眶的紅，是為人母愧疚又感動的顏色。想起之前女兒拾起的三葉酢漿草，她問，第一、二片葉子各代表信仰和愛情，那第三片葉子呢？她揭開謎底，答案是——「希望」。

鋼鐵人

女兒高一寒假時脊椎必須開刀，背脊裝上多根鐵條、鋼釘，自嘲成為「鋼鐵人」。身體與嵌入的異物需長時間融合，過程得忍受劇痛及發炎的不適。女兒一向不耐痛，手被紙張割破便掉淚。

發現女兒脊椎彎曲已六年，每月回診，背骨總彎向更彎的角度，彷彿骨頭有自由意志，可以任意擴張領土。她剛上高一時，脊椎彎曲趨近五十度，胸肺呼吸窘迫，只得緊急手術。經由好友介紹，我們拜託台北醫學院骨科主任黃聰仁教授執刀。術前，黃醫生說會盡全力讓女兒健康，這句話是所有父母此生的大願吧。

醫生在女兒光滑白皙的背上畫下四十公分的傷口，剝開脊柱周圍的肉，以電鑽在節節的椎根上打洞，裝上十七根鋼釘，再用細長鋼條將鋼釘串連、鎖緊，最後用槓桿原理，將節節走偏的骨頭扳正。

麻藥漸退，巨大傷口使女兒高燒，哭喊背部皮膚如烈火灼燒，背骨裡頭有許多硬針密扎，強效嗎啡止痛針使她的眼睛時而像夜中發亮的貓眼，時而又迷濛渙散，雙手在空中揮、抓，大哭，哭聲及蜈蚣般的傷口，成了一張舉證我是不及格媽媽的罪狀。是我大意了，女兒十歲時，把洗澡權交還給她，沒再細觀她的身體。

病房很冷，米色空間內燈光昏暗，我卻能看清女兒哭喊時面部線條的糾結。我揣想女兒近幾年的心情起伏，獨寵八年的她在弟弟出生後，學習自行洗澡、洗碗，我鼓勵女兒要獨立，是否讓她萌生被拋棄的恐慌？難怪弟弟出生後，女兒張牙舞爪，挑剔我的廚藝差，常以尖刺言語及衝撞行為惹我哭，是否想藉此確定我的在乎？我照顧兒子時，疏忽了女兒坐姿不良。想到女兒一歲時學步，跌跤、撞倒，我都心疼，而今十六歲的她竟得承受這些折磨。傷口該劃在我身上，女兒還小，如何忍耐每根敏銳神經襲捲而來的疼痛？

先生要我別介意，嗎啡讓人遊走虛實，尖叫及哭喊都是出於直觀發洩。

女兒清醒時，疼痛讓她全身長刺：不滿意病房燈光亮度，惱怒我說話太吵，所有餐點淺嚐便拒食，我小心為她翻身，都使她痛得大叫。她一用力，背上會分泌淋巴液妨礙傷口癒合。最辛苦的莫過湧上尿意，抬起她癱軟的身體耗費多時，常是她急得大喊，快尿出來了，我手上的便盆還塞不進她身下，只好求助護士。當她尿意排空沉沉睡著，我盯著牆上掛鐘直到她再次轉醒。女兒的怒吼抱怨，讓我的愧疚好過些，膿要刺破，才好得快。

醫院待了近兩週，女兒困獸般躺在床上無法動彈，我也被拴在病房內，日夜只有一盞日光燈，渾不知外界日夜變化。出院那天，女兒稍稍展顏，我也呼出長氣，家中有影劇音樂，不必再吃膩味的醫院伙食，不必再睡醫院窄床，也許能和緩女兒的情緒。但我們面臨了一個選項：回哪個家？娘家？婆家？長輩會不會會責怪我是粗心的母親？是否不信任我能顧好女兒？待在婆家，我會不會不習慣？娘家媽媽或婆婆要張羅我的吃住，會不會太麻煩？幾經斟酌，我和女兒選擇在自家靜養。

回家，代表一切得自己來。沒有醫護幫忙，女兒皮膚及背脊的傷要半年才能漸漸癒合，只能平躺。最束手無策的是如廁大事，護士輕巧地將活動式便盆塞進女兒身下，但盆子到我手上，怎麼也使不順手，抱起女兒臀部如抱著軟爛麵團，不知如何使力，每個挪移對她而言都如板塊裂動。我以為耳畔會響起如雷的抱怨，女兒卻只緊咬下唇，要我輕一點。

家裡買了張床墊，起初我和先生輪流睡在女兒床鋪旁，由於先生每天必須從台北通勤到新竹，後來多半由我隨侍在女兒身側。女兒睡得極不安穩，無法翻身，但一直平躺易得褥瘡，我約莫兩小時起身幫忙翻動。幾次睡過頭，驚醒時，女兒聽耳機，忍著極不舒服的姿勢，我問，怎不叫我？她只說，你睡吧。她喝水得用吸管，才不必一直起身扯動傷口。我學習為平躺的她洗頭擦澡，泡沫常戳進她眼中，沒時間上市場買菜，餐餐叫外送，一週下來，食物讓我們乏味，嘴刁的她只默默扒飯。她的懂事讓我不安，這不是一向嬌滴的她，我寧可她在醫院那般大聲喊痛大哭，讓我揹起失職的罪。

回家尚有項挑戰，女兒要練習起身走動，床鋪到廁所只有兩臂之遙，我扶著她，走了近十分鐘。為了怕背脊再度歪斜，她必須一天穿戴二十三小時的鐵製衣架。鐵衣材質悶熱，束捆一天，皮膚容易過敏，她抓搔著紅腫皮膚，要我扶她再多走幾步。我的手掌圈住她的上臂，她手臂好細，似乎能被我單掌收攏。

女兒背骨裝上鋼釘後，終生不能彎身，仰臥起坐、瑜伽等運動從此與她絕緣，她自嘲：「當正直的人，要付出代價。」我訝異她回到家後個性柔軟了些，會自我寬慰，不再事事站在我的對立面。

術後，女兒的鐵衣陪她走過冬季與春末，天氣漸熱時，已不必成天穿戴鐵衣。回診照X光，背骨又正又直，傷口也長得好，幾次看診完，女兒都會回奶奶家走走，有時和北上來探望的外婆（我母親）吃飯聊聊。術前，煩躁的女兒常把自己關在房內，拒絕家人的關心，我母親想帶她出門散心，也常被拒在門外。現在她時常和我母親通電話。我按捺不住好奇，問她倆聊天的內容，她只淡淡地答，沒什麼，隨便聊。

上個月我不小心看到女兒學校作文，題目是「靜夜情懷」。她寫：住院某夜，背部痛得睡不著，瞥見媽媽縮在行軍躺椅上，蒙在棉被裡，棉被不停抖動，斷續傳來鼻涕聲。那天外婆來電責備媽媽失職，把一個好手好腳的孩子看顧成這樣；手術後，我也常對媽媽吼叫……我背上有鋼釘，成天穿著鐵衣，媽媽經常擔心我受傷，真正的鋼鐵人是媽媽，我與外婆的刺竟穿透不了她的肉身，她應該著一身無形的鐵衣吧。

我以為女兒仍是人事不知的小女孩，以為我們之間欠缺翻譯，彼此說著同國的語言，卻聽成不同的意思。我的手摸著那些字，感受到手指長出耳朵，聽著一筆一劃發出的聲音。

看世界的方法 208

守宮在唱歌

作者——林佳樺

封面設計——Bianco Tsai
責任編輯——施彥如

社長——許悔之
總編輯——林煜幃
副總編輯——施彥如
美術主編——吳佳璘
主編——魏于婷
行政助理——陳芃妤

董事長——林明燕
副董事長——林良珀
藝術總監——黃寶萍
執行顧問——謝恩仁

國家文化藝術基金會 National Culture and Arts Foundation NCAF

本書獲財團法人國家文化藝術基金會——創作補助

策略顧問——黃惠美·郭旭原
郭思敏·郭孟君
顧問——施昇輝·林子敬
謝恩仁·林志隆
法律顧問——國際通商法律事務所
邵瓊慧律師

出版——有鹿文化事業有限公司｜台北市大安區信義路三段106號10樓之4
T. 02-2700-8388｜F. 02-2700-8178｜www.uniqueroute.com
M. service@uniqueroute.com

製版印刷——鴻霖印刷傳媒股份有限公司

總經銷——紅螞蟻圖書有限公司｜台北市內湖區舊宗路二段121巷19號
T. 02-2795-3656｜F. 02-2795-4100｜www.e-redant.com

ISBN——978-626-95726-0-1
初版——2022年3月
定價——350元

守宮在唱歌 / 林佳樺著 —初版．— 臺北市：有鹿文化，2022.3．面；14.8×21 公分 —
（看世界的方法; 208）ISBN 978-626-95726-0-1（平裝）   863.55 ………… 111000610